俺とおまえの夏の陣

政宗と小十郎と小十郎

吉田恵里香
Erika Yoshida

東京書籍

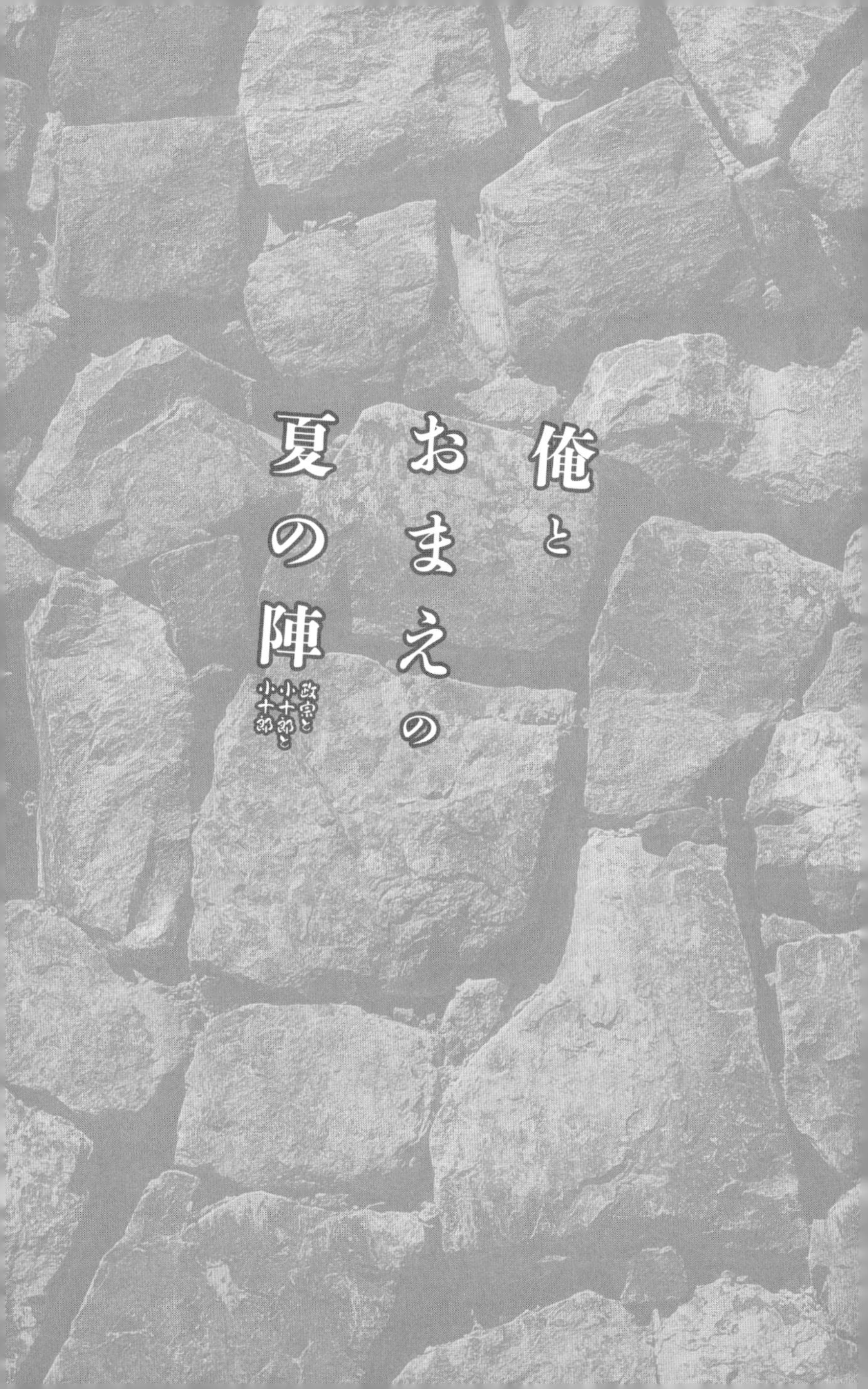

俺とおまえの夏の陣

政宗と小十郎と小十郎

目次

相関図

伊達政宗

一五六七年生（幼名・梵天丸）。米沢城主伊達輝宗の第一子として誕生。一五七七年に元服し、一五八四年に家督を継ぐ。破天荒な性格で、徐々に勢力拡大し、奥羽の覇者となった。豊臣、徳川に仕え、一六〇一年には岩出山城から仙台城へ移る。享年七十歳。

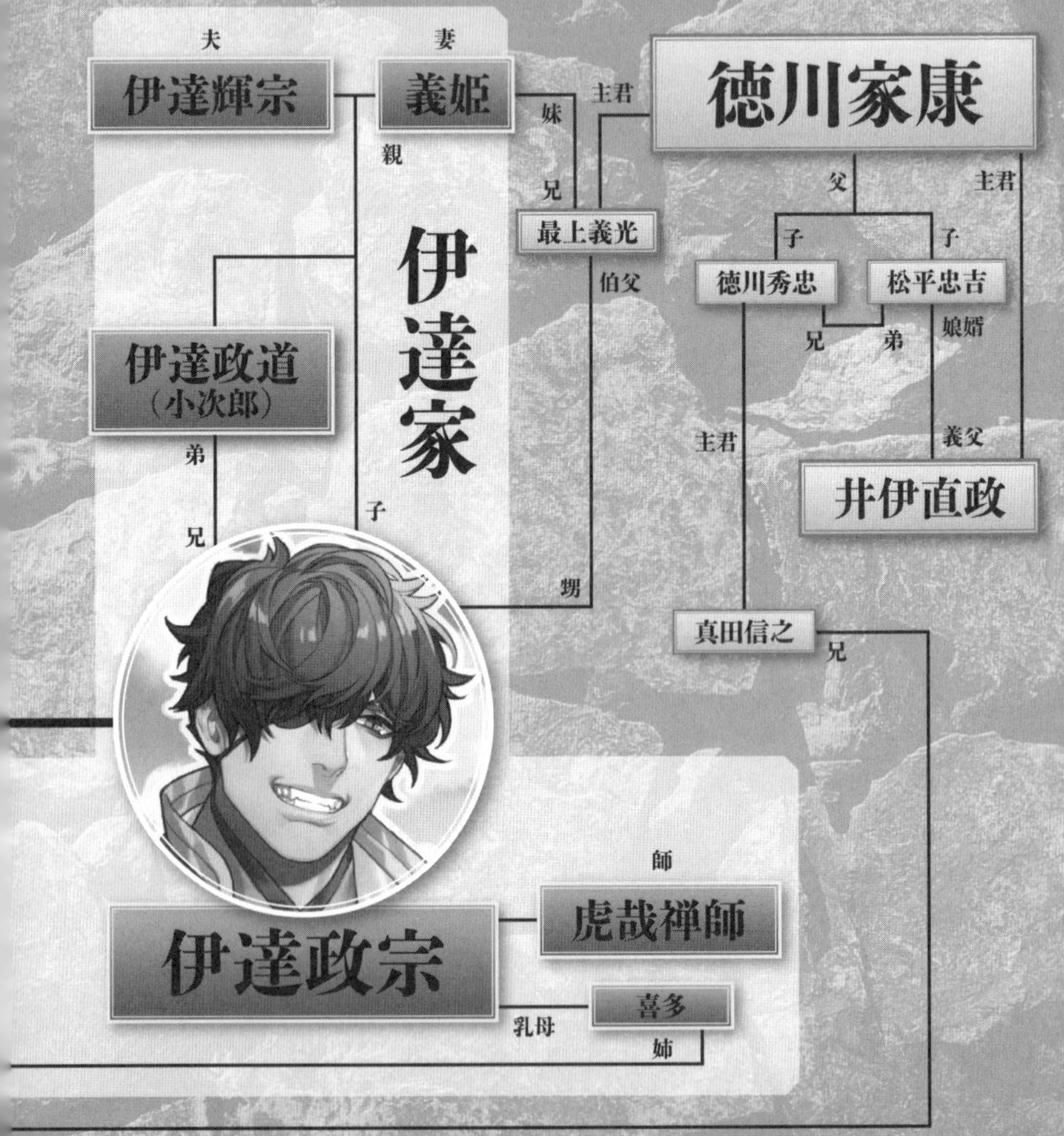

豊臣秀吉

一五三七年生。織田信長を支えた重臣。信長の死後すぐに明智光秀を討ち、天下統一を成す。一五九〇年の小田原城包囲の際、政宗にも参陣するよう促すが、遅参した政宗を処罰しようとする。一五九八年、六十三歳で没。

徳川家康

一五四三年生。松平広忠の嫡男として生まれる。秀吉との小牧・長久手の戦いの後、和睦。豊臣家の家臣となる。秀吉死後の一六〇〇年、関ヶ原の戦いで西軍を破る。一六〇三年に江戸幕府を開き、一六一六年、七十五歳で没。

片倉景綱
（初代・小十郎）

一五五七年生。米沢の八幡宮神主の家で育つが、政宗の父・輝宗が器量を見抜き、十九歳の時、輝宗から政宗の傅役に任命され、生涯政宗に仕え続けた。一六〇二年に白石城主になる。享年五十九歳。

片倉重長
（二代目・小十郎）

一五八四年生（幼名・与左衛門）。小十郎（景綱）の第一子であり、晩年は病気がちだった父に代わり政宗を支えた。一六〇〇年、白石城の戦いにて初陣を飾り、大坂夏の陣では父に代わって大活躍。政宗死後も伊達家を支え続けた。

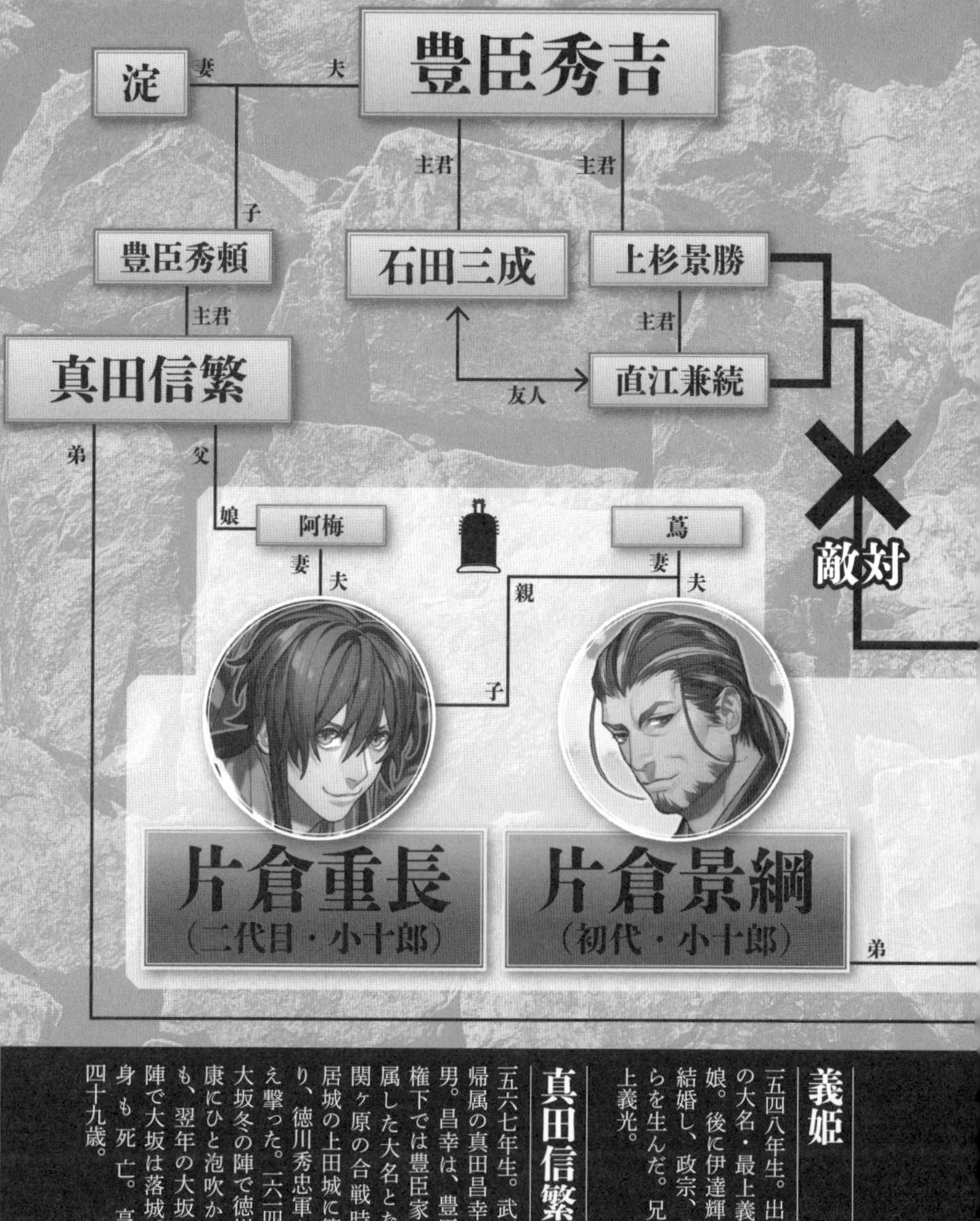

義姫

一五四八年生。出羽国の大名・最上義守の娘。後に伊達輝宗と結婚し、政宗、政道らを生んだ。兄に最上義光。

真田信繁

一五六七年生。武田家帰属の真田昌幸の次男。昌幸は、豊臣政権下では豊臣家に帰属した大名となる。関ヶ原の合戦時は、居城の上田城に籠もり、徳川秀忠軍を迎え撃った。一六一四年、大坂冬の陣で徳川家康にひと泡吹かせるも、翌年の大坂夏の陣で大坂は落城。自身も死亡。享年四十九歳。

この物語は歴史上の人物・事件に着想したフィクションである――。

第一章
梵天丸と小十郎

一五七五（天正三）年。奥州の覇者として後の世で
名を馳せることとなる梵天丸こと伊達政宗はこの年、
乳母の喜多の実弟である片倉小十郎と出会う。
その出会いは彼の人生を大きく変動させることとなるのだが――。

喜多姉《きたねえ》はずるい。

昔からそうなのである。表の水撒きに馬の世話、朝餉《あさげ》の支度。男の仕事と言えないものでも「姉様の言うことは絶対」と、いつも面倒なことを押しつけてきた。

ともに暮らさなくなってしばらく経つが、その癖は相変わらずらしい。

茹だるような暑さのせいで、私は少し気が立っていた。

地べたが灼けて草履越しに熱が伝わってくる。普段いる山奥とは違い、日差しから守ってくれる木陰はここにはない。城下町をいき交う人や荷台と、たまにすれ違うだけである。

それにしても暑い。

数カ月前までは辺り一面、雪に埋め尽くされていたというのに。

茹だるように暑いか、凍てつくように寒いか。竹を割ったように潔く、両極端だ。米沢という御郷《みさと》は、中途半端なことが嫌いらしい。

湯気立つ道中を進みながら、手拭で汗をふく。うなじがこげるようにヒリヒリと痛んだ。一張羅である捩《ねじ》り緬《めん》の夏羽織から足袋まで全身が汗まみれ。今すぐ着物を脱ぎ捨てて褌一丁になりたかった。

喜多姉の無茶な振りには慣れっこだったはずだったが、しかし今回はあんまりである。

何年も音沙汰がなかったくせに急に文を寄こしたかと思えば
「今すぐ米沢城にこい」

だなんて。

あの人は弟である私の都合など微塵《みじん》も考えておられない。そのうえ、私が何でも言うことを聞くと思っておられる。

胸に渦巻く苛立ちを、足元に転がる小石にぶつけてみるも一向に気は晴れない。

八つ当たりされた小石はころころと転がり、お堀に落っこちていった。私も小石と一緒に魚たちとともに水浴びでもしてしまおうか。

ぼんやりと乱れた水面を眺めていると
「小十郎《こじゅうろう》」

私の背後から懐かしい声色が響く。

振り返ると、堀に跨《また》がる橋に女が立っていた。くちなし色の単衣《ひとえ》を着こなしたその人は、ゆらゆらと揺れ立つかげろうの中を進んでくる。

「喜多姉」

姉と呼んではいるが、年は二十も離れている。

父と母は私が産まれてすぐに死んだ。

親の代わりに私を育ててくれたお人である。姉であり母であり、そして文武の師なのだ。昔から頭があがらないのは仕方のないことである。

「さぁ、もっとその顔を見せておくれよ」

喜多姉の目じりにしわが浮き立つ。

「父さんそっくりじゃないか。でもその澄んだ黒い瞳は母さんのだね」

姉が私のもとを去って八年、便りが途絶えて四年の時が流れていた。彼女の記憶に残る私は、まだ元服前の姿なのである。

「すっかり立派になって」

「喜多姉はお変わりなく」

そうは言ったが、うれしそうに私の頬を撫でる喜多姉は記憶より随分と老けこんだようであった。頬の肉がさがり、結いあげた髪にチラホラと白いものが目立っている。四十近いのだから無理もない。しかし変わりないと言われた当人は「当たり前でしょ」というように私のお世辞を受け流す。

「随分いい男になったじゃないか」

「はぁ」

品定めするように胸板を触る喜多姉に生返事をする。

「育て方がよかったんだね、お姉様に感謝しいよ」

九つになった時から私を育ててくれたのは米沢八幡神社の宮司様である。

喜多姉と過ごした時間よりもずっと長いんだけど、とは言わなかった。それは幼い頃に植えつけられた彼女への恐怖心のせいでもあったが、一番の理由は分かっていた。

久しぶりの喜多姉との再会に胸に熱いものが込みあげていたのである。

胸に押し込めて錠をかけたはずの恋しさ寂しさが、次々と溢れでてきていた。鼻奥がツンと痛み、もう少しで涙がこぼれ落ちそうという時である。

「小十郎にね、会わせたい人がいんのよ」

ギラリと目を光らせた喜多姉を見た途端、涙が引っ込んでしまった。

それは幼き日に見たのと同じ。

何かを企んでいる喜多姉の表情そのものだった。

＊

「面《おもて》をあげよ」

声をかけられても、しばらく顔をあげることができなかった。

三つ指が何かにくっつけられたように板の間から離れない。さきほどまでかいていた汗が、冷や汗に代わり二の腕が粟立っているのを感じた。

何でこんなに怯《おび》えているかって？

私の前に座っていらっしゃるのは、米沢城主・伊達家十六代輝宗《てるむね》様と、その正室義姫《よしひめ》様なのだから。怯えるのだって無理もないだろう？

喜多姉の奴、会わせたい人がいるなどというからてっきり嫁でも探してきたのかと思っていたのに。一体どういうつもりで私をお殿様と鉢合わせるのだ。

「小十郎！」

隣に座っていた喜多姉の肘鉄が飛んできた。

「お殿様が顔をあげろとおっしゃっているんだよ、いつまでも床と睨《にら》めっこしてちゃ失礼だろ⁉」

慌てて私は青ざめた顔を輝宗様に向けた。

見たこともない上等な夏仕様の羽織と袴を身にまとい、じっとこちらを見やっている。

黒々と豊かな髷《まげ》を結い、日に焼けた肌はピンと張りがあり、年寄りくさいしわはない。男らしくがっちりとした顎《あご》の上には一文字に紡がれた厚い唇《くちびる》。凛々しい眉の下でギロリと光る、大きな瞳に睨まれて、私は更に縮こまった。

「ご無礼、申し訳ございません！」

自分の無礼を詫びようと頭をさげた後で気がついた。

「あ」

間抜けな声をだしてその場に固まる。

何ていう間抜けなのだ、私は。今しがた顔をあげろと言われたばかりなのに、また顔を伏せてしまった。これじゃあ殿様に喧嘩を売っているようなものじゃないか。

「小十郎！」

喜多姉に二度目の肘鉄《ひじてつ》をお見舞いされそうになった時、コロコロと鈴を転がしたような笑い声が響いた。

「面白い子じゃありませんか」

それは輝宗の横に座った義姫様であった。

ゴクリと私の間抜けな喉が鳴る。

私は瞬く間にその美しさに魅了されていた。

ツンと上を向いた鼻。隙間なく睫毛に覆われた切れ長の瞳。おしろいが塗られた陶器のような白い肌。それを際立たせるように唇に塗られた紅。どの部位も完璧で、喜多姉とほとんど年が変わらぬとは思えない（なんて言ったら再び肘鉄を食らうことは間違いないだろう）。

「急にこんな場所に呼びだされて驚いているのでしょう」

そう言って義姫様は目を伏せて微笑んだ。

彼女の膝の上には幼な子がスヤスヤと寝息をたてて眠っている。義姫様が扇を煽《あお》ぐ度に、色鮮やかな夏羽織が揺れた。

彼女の言葉に輝宗様の唇もゆるみ、かすかに微笑んだようであった。笑うと随分優しいお顔になられるのだな。大きなお体からは自信と男気がみなぎっている。さきほど喜多姉は私を「いい男」と言ったが、本当の「いい男」とは、こういうお方のことを言うのだろう。

「そなたの姉上から話は聞いておるな」

輝宗様に尋ねられて「はぁ、あ、いえ」と口ごもる。

「それは「はい」か「いいえ」か？」

「姉からはお城にくるように言われただけでして」

「なんと」と、義姫様はため息をつき喜多姉に尋ねた。

「それは真か、喜多」

「素直に話せば怖気《おじけ》づくとか思いまして」

なんの話かサッパリ分からないが、怖気づくなどと言われては面白くない。

必死に表にでぬように顔を作っていたが、若造の胸内は全てお見通しのようで
「まぁ、そう怒るな。弟ならば喜多の軽口には慣れっこであろう？」

輝宗様は笑いながら、私をなだめた。

「ならば、このわしが話してやろう」

彼は姿勢を正してから、再び言葉を放った。

「おぬしに喜多同様、我が嫡男・梵天丸《ぼんてんまる》の傅役《もりやく》を頼みたいと思っておる」

「傅役!?」

危うく腰が抜けそうになった。

傅役といえば、幼き世継ぎを一人前の当主に育てあげるのが役目。

我が姉は乳母として梵天丸様に仕えている。と、いっても姉は独身《ひとりみ》。輝宗様がおっしゃっていたように傅役としてそばに着いているのだろう。ただの傅役でも荷が重いのに、私のような若輩者が伊達家嫡男を育てるなどありえないことだ。

「そのような大役、私にはとても」

「ほら、やっぱり怖気づいた」

喜多姉が得意げに鼻を鳴らす。

「怖気づいてなどおりません。ただ私以外にも適任のお方がいるはずです」

声を荒げる私を黙ったまま喜多姉は眺めている。

なぜこんな大事なことを黙っていたのか、姉の神経が信じられない。文で言えぬならば、百歩譲って、せめて橋を渡る時に伝えてくれればいいじゃないか。

「おぬしの話はよく聞いておる」

今にも口論を始めそうな私と喜多姉の間を取り持つように、輝宗様が口を開く。

「同じ血が通っているとは思えぬほど優秀だと、酔う度に喜多が得意気に話すのだ」

姉上がそんな風に話してくれていたことはうれしかった。

だが、お殿様の前でも酒乱ぷりを披露しているという事実の方が恐ろしい。更に血の気が引いていき、動悸《どうき》が激しくなる。

よく今まで首が飛ばなかったものだと思いながら姉を見やると、彼女は両手を擦り合わせていた。

「お願い、アンタだけが頼りなのよぉ」

猫撫で声をだしてはいるが腰が低いのは形だけ。

本心では私が喜多姉に逆らえないのを知っていて、こちらが頷《うなず》くのを待っているだけなのである。

更に逃げ道を塞《ふさ》ぐように輝宗様が言葉を続ける。

「もしおぬしに力がないと分かれば、すぐに傅役を解いてやる。なぁいいだろう？」

やはり喜多姉はずるい。

こうまでお殿様に言われては、私が断れるはずがないじゃないか。姉の策にはまった自分を恨みながら、私はコクリと頷いた。

「精進させていただきます」

一気に場の雰囲気が解《ほぐ》れたのが分かった。

「おお、よかった」

輝宗様は豪快に笑いながら、喜多姉に目配せをする。

喜多姉は得意げにニヤリと口角をあげた。

もしかすると最初からこの流れはふたりの中で打ち合わせ済みだったのかもしれない。そう考えたところで確かめようのないところだが、なんだか私の知らぬところでさまざまなことが決まってしまって面白くないのは確かだ。

私はこのまま宮司になるものだとばかり思っていたのに、まさか傅役を命じられるとは。義姫様の膝をチラリと見やる。

よだれを垂らして、スヤスヤと眠り続けているのが梵天丸様だろう。

ぷくぷくとした頬は、桃のように艶やかで、実に子どもらしくよいお顔をされているではないか。義姫様にべったりで私がでる幕はないようにみえる。

「おぬしには苦労をかけることになるだろう」

輝宗様はため息交じりにつぶやいた。

「梵天丸は幼い頃に疱瘡を患い、そのせいで人目をさけて臆病になり、自らの殻に閉じこもってしまっている」

「左様ですか。私には、そのようには見えませんが」

「なんだと？」

輝宗様は不思議そうに私に尋ねた。

「臆病どころか肝がすわっているように思います。私が大声をだそうとも、すやすやと奥方様の膝上で眠っておられるではありませんか」

そう梵天丸様を褒めた瞬間だった。

「この子は梵天丸ではありません！」

義姫様の怒声が響いた。せっかく解れた場の空気が、瞬く間に凍りつく。

「無礼者め……この子は、梵天丸の弟、竺丸《じくまる》。間違えなさるな！」

義姫様は優しい笑みを消し去り、般若のような冷たい眼差しで私を睨んだ。

なぜ彼女がそんなに怒っているのか分からない。恐怖と焦りから私の頭は真っ白になりかけた時である。

「うぅっ！」

突如鳩尾《みぞおち》に激しい痛みを感じて、私はその場にうずくまった。

「しゃんとしなさい、小十郎！」

私に肘鉄をお見舞いした喜多姉は顔を真っ赤にして私を怒鳴りつける。

彼女が怒るのも無理はない。

あまりに義姫様の形相が恐ろしくて、私は隣にいた喜多姉の胸元にしがみついていたのだから。

ジンジンと痛む鳩尾をさすりながら、私は再び炎天下を歩いていた。

お殿様との対面を終えて、ふたりきりになった直後「姉様に恥をかかせて」と、喜多姉に再度肘鉄を食らったのである。

「さっさと歩かないと日が暮れるよ?」

そう話す喜多姉は肘鉄を三度もお見舞いしておきながら一切悪びれた様子はない。鼻歌交じりに私の一歩前を歩き、資福寺《しふくじ》までの道のりを案内してくれている。

資福寺は虎哉宗乙《こさいそうてつ》禅師の寺であり、そこに梵天丸様はいらっしゃるそうだ。つまり禅師も彼の傅役なのである。名のある禅師がついていていながら、どうして私を傅役に迎えたいのか。ますます謎は深まるばかりだ。

＊

喜多姉は日が暮れるなどと言っていたが、日差しはかげる気配がなく、べったりした熱気が体にまとわりついてくる。どっとつかれが襲い、体がけだるかった。眠気を振り払うように深く息を吐きだす。

すると、喜多姉がクルリとこちらを振り返った。

「どうしたんだい、ボォ~として」

おしろいが浮いてしまうのを恐れて汗を手拭でふき取ると、彼女はニヤリと悪童のような笑みを浮かべる。

そしておもむろに着物越しに自らの胸を寄せあげた。

「またお姉様のお乳が恋しくなったのかい？」

幼い頃、怪談噺《ばなし》に怯えて寝小便を漏らしたことをいまだにからかう喜多姉である。

さきほどの失態を、こうやって死ぬまでからかわれ続けるだろう。彼女の軽口を無視して木陰を縫うように前へと進む。

私だってやりたくて喜多姉の乳房にしがみついた訳ではない。あまりにも義姫様が恐ろしく咄嗟にとってしまった行動なのである。

「なんだい、無視しないでおくれよ」

なおも胸を寄せ続けている喜多姉に、私は尋ねた。

「梵天丸様と竺丸様はご兄弟なんですよね？」

「あぁそうだよ」

「なら、ふたりを間違えたからって、あんなに目をひん剥いて怒ることはないと思うのですが？」

「それは」

喜多姉はおちゃらけるのを辞めると「まぁ色々あんのよ」と言ったきり口を噤《つぐ》んでしまっ

た。何かしら理由はあるようだが、話してくれるつもりはないらしい。

「私も梵天丸様に仕えるのです、隠しごとは困ります」

「隠してなんかいませんよ」

「今、色々あるとおっしゃったばかりじゃないですか」

私が再度、理由を尋ねようとした時
「さ、着いたよ」

喜多姉は私のもとから逃げるように、早足で資福寺の門をくぐった。

*

結論から言おう。

資福寺にいっても、私は梵天丸様に会うことができなかった。

喜多姉の後を追い、楠《くすのき》で造られた板の間を進むと、そこは仏堂であった。その中央で待ちかまえていたのは初老の男だけ。地肌が見えるほどに短く刈られた白髪。農民のように浅黒く焼けた肌に紺麻の単衣を羽織っている。

このやせ細った男こそ、虎哉禅師《こさいぜんじ》であった。

「一足遅かったようですな」

つりあがった細い目を更に細めて禅師は茶を啜《すす》った。

「ボンならば、ついさっきでていったぞ」

喜多姉の顔色が変わる。

「でていったって、おひとりでですか？」

「案ずるな、厠《かわや》だ。腹が痛いと言ってな」

禅師は用意していた湯呑に冷まされた茶を注ぐ。私も喜多姉も喉がカラカラだったので無言で促されるまま、彼の前に腰を下ろした。グビリグビリとだされた茶を一気に飲み干す。飲み口の薄い湯呑の底には、松の葉が描かれている。禅師は松の葉を沈めるように、すぐに茶を注ぎ足した。

「ボンに仮病を使わせた原因はおまえか」

「え？」

思わず湯呑を落としそうになる。それを見て禅師は何がそんなにおかしいのか大きな口を開けてカカッと笑ってみせた。

「よほど嫌われているようだな」

そんなことを言われても「はぁ」と生返事をすることしかできない。

嫌われるも何も、まだ一度も顔を合わせていないのである。そもそも望んでこの場所にやってきた訳ではないし、なんだか釈然としない。そんな私の横で「おかしいわねぇ」と、喜多姉がしきりに首をかしげる。

「小十郎がくること、若様に秘密にしてたのに」

「あの子は勘がするどいからのぉ」

ボリボリと禅師は頬を掻《か》く。

彼の言葉が面白くないようで喜多姉は不貞腐《ふてくさ》れた子どものようにむくれている。ふたりが黙っているので手持ち無沙汰《ぶさた》となり、仕方なく湯呑に口をつける。中身を飲み干すと、また松の葉が底に現れたが、新たな茶が注がれることはなかった。

「ちょっと」

喜多姉がジトリとした目でこちらを見やる。

「何してんの、早く若様を厠から引っ張りだして！」

「私が、ですか」

「そうよ、あんな場所にずっといたら病気になっちゃうでしょ⁉」

今にも喜多姉の肘鉄が飛んできそうだったので、慌ててのけぞった。自分でも驚くほどの深いため息が口からこぼれる。

「厠まで案内しましょうかな？」

ニマニマと姉弟のやりとりを見つめていた禅師は、私の返事を待たずに立ちあがった。喜多姉に文句を言うのは、後でも遅くない。すっかりくつろいでいる姉を置いて、仕方なく禅師の後に続く。

　渡り廊下に進むと、生ぬるい風がうなじを撫でた。こんな風では、いくら吹いたところで体を冷やしてはくれない。瞬く間に汗が吹きだしてくる。確かにこんな暑い中、厠にこもっているのは体に悪いだろう。廊下の柱にしがみついている油蝉が、やかましく耳元で鳴き叫んでいる。

「あれじゃ」

　禅師が節の目立つ指で遠くを指示した。

　そこにはこぢんまりとした小屋が立っている。屋根には瓦が積まれ、壁には漆喰が塗られていた。少々小さいが、人が住んでいてもおかしくないつくりである。

「あれが、厠ですか」

「正しくは閑所という。まぁ言ってしまえば厠つきの小屋じゃな。ボンのために輝宗様がおつくりになられたのだ」

　そんな豪勢な厠があるなんて。

　厠ひとつでも、この差がある。これが身分の差ということか。伊達家の嫡男の傅役になるということの重大さを、私は厠を前にして改めて痛感したのである。唖然として閑所を眺めていると禅師がポンと肩を叩いてきた。

「今はすっかりひねくれてしまっておるが、もとは頭のいい子だ。ボンを包む殻を砕き、のびのびと自分らしく振る舞えるようにしてやってくれ」

「禅師にもできないことが、私にできるのでしょうか」

私の問いに彼は答えない。

四の五の言わずにまずはやってみろということだろう。私は自分を納得させるようにひとり頷くと、渡り廊下の端に用意されていた下駄を拝借して閑所へと歩きだした。地面に敷かれた砂利《じゃり》が歩く度に音を立てる。梵天丸様も、私が近づいていることに気づいているだろう。引き戸の前に立って中の様子を窺うも、この行為自体なんだか下品に感じられて、私は閑所の引き戸に向かって声をかけた。

「梵天丸様」

耳をすましてみるが、返事はない。

「こんなところまで押しかけてしまったご無礼お許しください。喜多の弟の、片倉小十郎と申します」

自己紹介してみるが、やはり返事はない。後ろを振り向くと禅師は面白そうに様子を窺っている。いや、逃げださないように監視しているのだろうか。ここでへこたれる訳にもいかず、とにかく私は話し続けることにした。

「お殿様から傅役の命を受けました。私のような若輩者には有りあまる名誉。これからは、どんなことがあろうと小十郎がそばにおります。全身全霊をかけて梵天丸様にお仕え致します」

もちろん、本心ではなかった。

ついさっき流されるままに命じられたことである。そんな覚悟があるはずがない。でもこの状況で他に何と言えばいいのだ。とにかく梵天丸様に気に入られなくては一族の面目が立たない。

「梵天丸様？」

呼びかけても、梵天丸様は、うんともすんとも言わない。返事がなさすぎて徐々に私の胸に焦りと不安が渦巻き始める。もし禅師の言うことが間違っていて仮病ではなく本当に腹痛に襲われていたら？　閑所の中で倒れていたら？　般若のような義姫様と輝宗様の顔が浮かび、たまらなくなって私はドンドンと何度も閑所の引き戸を叩いた。

「梵天丸様、ご無事ですか？」

やはり返事はなく私は引き戸に手をかけた。戸につっかえ棒はされていないようである。

「開けますよ、いいですね？」

返事を待たずに、力いっぱい引き戸を開けた。

初めて入った閑所は二畳分の畳が敷かれ、想像以上に清潔だった。畳の真ん中に蓋のようなものがある。そこを開けて用を足すのだろう。

って、そんなことはどうでもいい。閑所の中には、用を足す梵天丸様も腹痛で倒れる梵天丸様もいなかった。

中に人はおらず、空っぽだったのである。

「一体どうなっているんだ？」と、閑所を見回している私の背後からカカッと笑い声が響いた。

「仏堂に戻ってみたら、これが」

振り返ると、禅師が半紙を片手に立っていた。彼が持つ半紙には見慣れた字が書かれている。喜多姉の文字だ。そこにはこう書かれていた。

『どうしても若様がお城に戻りたいというので先に失礼いたします。

夕餉《ゆうげ》の席で改めて、あなたを紹介しますから堪忍してね　　喜多　』

手の中で半紙がクシャリと曲がる。

なんということだろう。いつの間にか閑所から飛びだした梵天丸様は、私と禅師の隙をみて喜多姉を寺から連れだしたのである。

先に失礼する？　じゃあ私は延々厠に向かって語りかけていたということか⁉　なんなんだ、この茶番は⁉

感情のまま力いっぱい喜多姉の手紙を握り潰す。まだ乾き切っていなかった墨が、手のひらにこびりつき、更に苛立ちが増していった。

「ボンの方が一枚上手《うわて》でしたな」

吞気に笑う禅師に同調するように、油蝉が私を小馬鹿にするようにジンジンと鳴き笑っていた。

＊

ということで、まんまと梵天丸様に出し抜かれた私はひとりとぼとぼと米沢城へと舞い戻った。お得意の猫撫で声で喜多姉に謝られたが、腹の虫は収まらない。

挙句の果てに「子ども相手にそんなムキになって」とたしなめられる始末。何もかもが腑に落ちぬまま、侍女に案内されるまま広間へと向かった。

梵天丸様と喜多姉、そして私が夕餉をとるには充分すぎるほどの広間である。日が暮れて大分マシになっていたが、中にはまだ夏の熱気がこもっていた。すでに用意された盆の前に、促されるままに胡坐《あぐら》を組む。ひとりでは、どうも落ち着かずソワソワしてしまう。

やっと梵天丸様と対面するのだ。

彼に嫌われていることはすでに分かっている。いくら子どもとはいえ、好まれていない相手と会うのは、なんだか気が引けてしまう。ここから挽回することができるんだろうか。それとも根をあげて命を解かれる方が自分のためか。そんなことを考えているうちに、すぐに襖《ふすま》が開かれて喜多姉が顔をだした。

「若様、こちらへ」

彼女の腿に、小さな手がふたつしがみついている。梵天丸様は喜多姉にベッタリくっつき、離れる様子がない。

「そんなにくっつかれていては、ご飯が食べられませんよ」

「いらぬ」

喜多姉の尻に顔をうずめながら、梵天丸様は小さく唸った。

「ご飯を食べてくれないと、喜多がお殿様に叱られてしまいます」

声にならない唸り声をあげた後、渋々といった様子で梵天丸様は喜多姉から手を離す。私のことを鬼か何かと思っているのか、たっぷり時間をかけて恐る恐る彼は顔をだした。

「余が、梵天丸じゃ」

現れたのはやせ細った童《わらし》だった。

麻織の涼しげな着物の胸元がだぶついてしまっている。年は九つのはずだが、それにしては小柄で手足は女のように細い。青白い顔をボサボサに伸びた長い髪が覆《おお》っており目鼻立ちまではハッキリと確認することができなかった。

輝宗様や義姫様、竺丸様にさえ感じた気品というか気迫というか、とにかく国を担う人物に漂う空気は一切感じられない。梵天丸様は自信なさげで、おどおどと落ち着きがなく、声が震えてしまっている。

「……さっきは、ごめんなさい」

「いえ、とんでもない！」

我に返った私は慌てて三つ指をつき、頭をさげた。

「片倉小十郎と申します、以後お見知りおきを」

梵天丸様はうつむいたまま、モジモジと内股をこすり合わせている。

見かねた喜多姉が「ではご飯にいたしましょう、毒味も済んでおります故」と、彼を上座に座らせた。それを合図に盆が運ばれてくる。その料理の数々に「おぉ」と思わず声が漏れてしまった。

盆に並べられたのは、照り照りに炊かれた鯉の甘露煮に、ひょう干しの煮物、味噌で和えられたうこぎ、椎茸の入った冷汁。窪田なすの香のものと大根の味噌漬けもある。喜多姉が御櫃からよそっているのは炊きたての真っ白なご飯である。

神社では、玄米と一緒に芋をふかしたものと汁ものがあれば上等。神社の小僧に交じって食べていたものと、これが同じ夕餉だというのか。口の中に唾が溢れて、ごくりと喉が鳴った。

「さぁ、いただきましょう」

早速箸を取り、喜多姉がよそってくれた山盛りの白米をかきこむ。ほふほふと米を頬張る度に甘みが広がっていく。なすの香のものに歯を立てると中からじゅわりと汁が染みだし、その弾力を楽しみながら冷汁を啜る。こんなに美味いものがあるのか、思わず笑みがこぼれた。無我夢中になって腹を満たしていると、クスクスと喜多姉が笑い声をあげた。

「若様、御覧になってください。もう茶碗の中が空ですよ」

茶碗から梵天丸様に顔を向ける。

うつむいたままの梵天丸様の御膳はほとんど手つかずであり、鯉の甘露煮がほんの少しだけねぶられているだけだった。

「鯉もうこぎも嫌いじゃ」

「駄目ですよ、好き嫌いしては」

「だって」

声を震わせながら、梵天丸様は手の中で箸を転がしている。梵天丸様を差し置いてフガフガと飯を食らっていた自分を少しだけ恥じた。しかし、こんなに美味いものが並んでいるのに食べずにいられるなんて。膳に箸を置き、どうしたものかと考えていると、喜多姉と目が合った。彼女はしきりに目配せをしてくる。小十郎からも何か言ってくれということだろう。言われたからって、すぐに言葉はでてこない。頭をひねり、必死に言葉を絞りだす。

「梵天丸様」

私に声をかけられて、ビクリと小さな体が震える。

「私も幼き頃は好き嫌いがたくさんありました」

梵天丸様は黙りこんでいる。だが空の関所に喋りかけるより、ずっとマシである。

「ならばどうでしょう、ともに握り飯を作るのは」

驚いたように梵天丸様が顔をあげる。

「昔、姉から言われたことがあります。料理心のなきは拙き心だと」

私は立ちあがり、御櫃を持って梵天丸様に近づいていく。幼き頃の思い出があふれて、自然と口が動いた。

「食事は剣術の稽古と同じ。体を鍛える術なのです。そして何より自ら作る料理は格別でございます」

そう言って、梵天丸様の前で御櫃を開けた。しばらくの間、白米を睨みつけていた梵天丸様だったが、決意したように御櫃に手を伸ばしだした。喜多姉がうれしそうに小さく歓声をあげる。梵天丸様が握り飯を作ろうとしているのだ。

やはり相手は子ども。口車に簡単に乗ってくるではないか。

気が楽になった私は更に彼の背中を押そうと、再び口を開いた。

「梵天丸様。腹を満たすことで、それが血となり肉となるのですよ？」

ピタリと梵天丸様の手が止まる。

「梵天丸様？」

キッと睨みつけられた直後、ベチャッと白いものがはりつき、視界が奪われた。梵天丸様が握っていた白米を叩きつけたのである。

「……血や肉になって、何になるのじゃ⁉」

怒りでかすれた声は、今までの震え方とは明らかに違っていた。

義姫様に続いて、私はまた余計なことを言ってしまったようである。長い前髪をかきあげ、梵天丸様が私を睨みつけた。

「そんなことしたところで、この目がもとに戻る訳じゃないんだろ⁉」

露わになった梵天丸様のお顔には、目がひとつしかなかった。

本来右目がある場所にはつぶれた肉の塊が飛びだしており、まぶたを閉じるのを邪魔していた。御公家様のような美しい顔立ちをしているせいで、余計にその肉の塊がおどろおどろしく見える。右目らしきものを前に硬直している私に、悲しげに顔をゆがめると、梵天丸様は広間から駈けだしていってしまった。

「決定的に嫌われたわね」

喜多姉は手拭を差しだしながらため息をつく。顔についた米粒を拭いおえてから、私は尋ねた。

「あの目は？」

「疱瘡になった時にね……お殿様がおっしゃっていたでしょう。聞いてないの？」

信じられない、どうしてそんな肝心なことを黙っておけるんだろうか。

私の心を読んだように喜多姉が「黙ってた訳じゃないわよ、忘れてたの」と言い訳をする。

黙ってようが忘れていようが、どっちにせよ信じられない。女でなければ肘鉄を御見舞してやりたいくらいだ。

「さ、あんたはご飯済ませちゃいなさい」

床に散らばる米粒を拾い、喜多姉は再びため息をつく。

「さぁ、今日はどこに隠れたんだか」

「隠れる？」

私が尋ねると、喜多姉は珍しく目を伏せて物悲しげな表情を作ってみせた。

「疱瘡を患ってからね、決して人前ではお泣きにならないの。どこかで隠れて泣くだけ泣いてから、また姿を現すのよ……目を真っ赤に腫らしてね」

＊

米沢城にきて、何回目の夕暮れだろうか。

日が陰ってから、少し風がでてきた。その風に乗って、夕闇が部屋に流れ込んできている。

暑さもおさまり、今日は随分と過ごしやすい。

握り飯もどきを顔にぶつけられて以来、避けられてしまっているようで梵天丸様に会えぬ日が続いている。何度か喜多姉に文を渡してみたが、受け取ってすらもらえずじまいだ。資福寺で待ち伏せしてみるも、のらりくらりとかわされてしまう。傅役が子どもに避けられていては元も子もない。

最初は豪勢な食事に喜んでいたが、徐々に申し訳ない気持ちで胸がいっぱいになってきた。今の私には、与えられた部屋にこもって梵天丸様の許しを得られるのを待つことしかできない。待っているだけだというのに時間がくれば腹が減る。食が進む。だされたものはありがたく頂戴するが、これでは言葉通りの「ただ飯食らい」である。

「若様と小十郎、気が合うと思ったんだけどねぇ」

綺麗に片づいた夕餉の膳をさげながら、喜多姉が首をかしげている。

「どこをどう見て、気が合うと思ったのですか」

今食べた大津鯛の塩焼きの味を思い出しながら、私は腹をさする。おそらく梵天丸様が残されたあまりだろう。実に美味かった。

「どこって言われてもねぇ」

弟の嫌われっぷりに、さすがの喜多姉も自信を失っているようであった。

「あんたなら若様の気持ちが分かると思ったのよ」

投げやりに言葉を吐き捨てると、喜多姉は膳を抱えて背を向ける。幼き頃の記憶より肉厚となったその背中からは過ぎ去った年月が感じられた。両手のふさがった彼女のために襖を開けてやりながら私はたずねた。

「私が梵天丸様の気持ちを？」

「だって、ほら握り飯だって途中まではうまくいったじゃない」

「あれは喜多姉の受け売りですから」

「私の？」

外にでていきかけていた喜多姉はくるりと、こちらを振り返った。

「一緒に暮らしている頃、私に朝餉の支度をさせたのだって、そういう理由からなのでしょう？」

キョトンと目を見開いたかと思うと、喜多姉は吹きだして、そのまま笑いだした。歯をむきだしにして男のようにゲラゲラと声をあげている。

「やだ、アンタそんな風に思ってたの？」

「え？」

「確かに料理心がないと駄目だとは言ったけど、あんたに朝餉の支度をさせたのは単にめんどくさかったからだって」

姉に抱いていた幻想がガラガラと音を立てて崩れていく。

「もう一息だって、若様の心を開けるのは」

無責任なことを言ってのけると、ヘラヘラしたまま喜多姉は外へとでていった。

心を開けると言われても、会うことさえできないのにどうしたらいいのやら。

窓の外を見やると雲ひとつない空に満月が煌々と輝いていた。私は燈台の灯を落として、月明かりに身を照らす。


昔から太陽より月の方が好きだった。

理由は簡単、太陽と違って月はしっかりとその姿を目で見ることができるからである。ぽわんとした優しい光に吸い込まれそうになりながら、私はおもむろに懐に手を伸ばす。久しぶりに潮風を奏でたくなったのだ。

潮風とは、亡き父の形見である横笛である。

もの心つく前に亡くなってしまった両親の記憶はないが、眠る私の横で父親が吹いてくれた笛の音色は微かに覚えていた。喜多姉から笛を譲り受けてからというもの、父親が吹いていた音色を真似るのが日課だった。さまざまな曲を習ったが、やはり父の曲が一番しっくりとくる。

月明かりの下、潮風に唇をあてた。高らかな笛の音が夜空に溶けていく。名前も知らない調べを奏でていると少しだけ不安が和らいでいった。立て続けに二度、父の曲を吹き終えた時である。

「実に見事だ！」

突然部屋の外から声をかけられ、襖を開けると
「お殿様⁉」

いつからそこにいらしたのか、輝宗様が襖にもたれかかるようにして胡坐を組んでいた。

「喜多の弟に、笛の才能まであったとは」

「そんな、とんでもありません」

とうとう役立たずの傅役の首を切りにいらしたのか。そんなことを考えながら、慌てて腰を下ろして、姿勢を正した私に、輝宗様は優しげな眼差しを向けた。

「また床と睨めっこはなしだぞ？」

お殿様に冗談を言われて、私は「ははは」と引きつった笑みを返す。こういう時、無理に言葉を返そうとすると、つい口をすべらせて余計なことを言ってしまうのだ。

月夜に照らされて、影が落ちたせいだろうか。前に対面した時より彼の顔はぐっと老け込んで見えた。今まで宴をしていたようで、彼の吐く息からは微かに甘い酒の香りがする。

「梵天丸とは会えたか？」

私は静かに首を振った。

「申し訳ありません、不徳の致すところで」

「いいや、そんなことはない。あの子が心を開いているのは、喜多や虎哉禅師くらいだ……

いやそのふたりにも本当の意味では心を開いていないだろう」

輝宗様は厚い唇をぎゅっと歪めてから、静かに息を吐きだす。

「右目とともに梵天丸は多くのものを失ってしまった……愛くるしい笑顔に、自尊の心」

口を噤んだままの私に、ボソリボソリと彼は言葉を続けていった。

「笑顔も心も、どれも右目がなくとも支障がないものばかり……。手放す必要はないのだと、早く気づかせてやりたくてな。おぬしが、その手助けになってくれると信じておる」

輝宗様の言葉どれひとつとっても、梵天丸様への愛情で満ち溢れている。喜多姉に育てられた私は、今まで知らなかった父性というものを間近で感じて軽くめまいを覚えた。こんな風に誰かに安らぎを与えられる人間に、私もいつかなれるのだろうか。その時頭に浮かんだのは髪をかきあげて額をだした梵天丸様だった。

「手助け、できるといいのですが」

「大丈夫だ、わしの勘は外れん」

そう言うと、輝宗様は冬眠していた熊のように鈍い動きで腰をあげた。

「最後に一曲、笛を奏でてはくれないか？」

「構いませんが」

潮風に唇を寄せた私を、満足そうに彼は見やっていた。

「この廊下の先まで聞こえるように頼む」

輝宗様は微笑み、ゆらゆらと漂うように廊下の先にある暗闇へと消えていく。彼の姿が見えなくなった後も、私はしばらく潮風を奏で続けていた。酒を飲んだ訳でもないのに妙に心が軽やかだったのである。

＊

いつの間に眠ってしまったのだろう。

思う存分笛を吹きまくった私は、布団も敷くことなく、畳の上で大の字になり眠り呆けていたらしい。温かな陽気のおかげで風邪は引かずに済んだようだが、腕や足に畳の網目跡がついてしまった。こんな姿、喜多姉に見られたらまた馬鹿にされてしまう。開きっぱなしになっている襖から朝日が差し込む。昨日月の方が好きだと思ったことを妬んでいるかのように、太陽の光は、私の顔めがけて降り注いでいた。眩しさに負けて再び目を瞑る。このまま二度寝でもしてしまおうか悩んでいた時、耳元でカタリと音が聞こえた。

鼠か何かだろうか。

チラリと片目を開けた途端、心臓が飛びでそうになった。

唇を噛んで声が漏れそうになるのを堪えながら、侵入者の姿をとらえる。

部屋に迷い込んでいたのは鼠ではなく、この数日顔を見るのもかなわなかった梵天丸様だったのである。

彼は恐る恐る部屋へと忍び込み、私が手に持っている横笛を食い入るように見つめている。楽器に興味があるのか、横笛から目を離そうとしない。昨夜の演奏を聞いていたんだろう。

輝宗様が廊下に向けて笛を吹けと言ったのは、こういうことだったのか。

ひとり納得しながら薄眼を開けて、彼の様子を窺う。好奇心に左目を輝かせている梵天丸様は、しばらくするとおっかなびっくり手を伸ばした。彼の指先が微かに笛に触れる。その手つきは次第に大胆になり、楽しそうに笛穴をなぞりだす。そんな彼を確認してから私は静かに口を開いた。

「よかったら吹いてみますか？」

梵天丸様は「ひゃん」とヘンテコな声をあげて飛びあがる。

子どもらしい表情をみせた彼が可愛らしく思わずクスリと微笑むと、それが気に障ったのか梵天丸様は私を睨みつけた。

「すみません、驚かせる気は」

私の言葉を最後まで聞かず、彼は部屋を飛びだしていった。

「お待ちください！」

ここで見失えば、もう二度と彼に近づくことができない。

そんな気がして必死に梵天丸様を追った。相手は子ども。すぐに追いつくかと思ったが、彼はすばしっこく、なかなか距離が縮まらない。朝支度をする侍女たちの間をすり抜けてドタバタと音を立てて、廊下を縦断していく。人々をかきわけて梵天丸様の背中を追う。背後から侍女たちの怒声が響くが、今はそれを気にしてはいられない。

「梵天丸様！」

こちらがいくら叫ぼうと、彼は足を止めようとはしない。

ぐるぐると米沢城を走り回り、私も梵天丸様も次第に息が切れ始める。板の間に叩きつけられた足の裏がジンジンと痛みだした。

「梵天丸様！」

数十回、彼の名前を呼び続けた時である。

「しつこいぞ！」

やっと梵天丸様が言葉を発した。

彼は走りながらチラリとこちらを見やっている。返事が返ってきたことがうれしくて頬が緩みそうになるが、顔全体に力を込めてぐっと耐え忍んだ。また気分を害されてしまったら大変である。

「この前のこと、ご気分を害されたのなら謝ります！」

「そんなことどうでもいい！」

梵天丸様が私の言葉をバッサリ切り捨てる。

少しだけ速度を緩めたのか、彼との距離が徐々に縮まっていく。会話が途絶えぬようにこちらも必死に食らいついた。

「では何を怒っていらっしゃるのですか⁉」

彼は口ごもったが、すぐに叫んだ。

「……おまえが喜多の弟だからだ！」

「は？」

予想しなかった答えに、思わず阿呆な声が漏れる。

「喜多がいなくなったら、余はひとりになる！」

叫んだ瞬間、梵天丸様の足がもつれた。

必死に足を踏ん張ろうとしたようだが、そのままの勢いで蹴り飛ばされた鞠のように彼は廊下を転がっていく。

「梵天丸様⁉」

急いで駆け寄り、ゼェゼェと息を荒げて肩を上下させる梵天丸様を抱き寄せようと手を伸ばす。だが、その手はパチンと振り払われた。予想以上に音が響き、途端に梵天丸様の眉が八の字になる。

「あ、ごめんなさい」

そう言って彼は膝小僧を抱えてうずくまった。

ガランとした部屋には私と梵天丸様しかない。彼が倒れた場所は、偶然にもともに食事をとったあの広間であった。

「お怪我はありませんか？」

梵天丸様はコクリと頷いたが、膝小僧は擦り切れて赤くなっている。手拭で傷口を押さえながら私は続けた。

「私が傅役になったとしても姉上はどこにもいきませんよ」

「そんなことは分かってる」

梵天丸様は体を丸めたまま、ボソボソとつぶやく。

「だって……喜多だって実の弟の方が可愛いに決まってるでしょ」

元服を済ませた私に可愛いもへったくれもないだろうに。

そう言いたかったが、あまりにも彼の眼差しが真剣で口を開くことができなかった。乳母の喜多姉が梵天丸様にとって、いかにかけ替えのない存在であるのかが、じわじわと伝わってくる。

「こんなしっかりとしている弟がそばにいたら、きっと喜多は余とおまえを比べてがっかりするでしょ？」

「姉上は人を比べるような女ではありませんよ」

しかし梵天丸様は頑なに首を横に振っている。

「だって余のせいで、喜多とおぬしはバラバラに暮らさなければならなくなったんでしょう? おぬしだって本当は余のことが憎いはずだ。姉を取り戻したいはず、そうでしょう?」

梵天丸様が発した言葉がグサリと胸に突き刺さった。

彼が言ったことが図星だったからである。

幼い頃、大好きな喜多姉と別れなければならなかった時、確かに私は梵天丸様を憎んだ。他に乳母ができる女など山ほどいるだろうに。たったひとり残った肉親を奪われると涙も流した。

だがそれは私がまだ小さかった頃の話。

今となれば致し方なかったことと理解できるし、喜多姉が食うに困らず生きられているならば、それに越したことはない。だが、それをこの子に話したところで納得はしてもらえないだろう。

「おぬしの気持ちは理解できる。母も竺丸が産まれた途端、余のもとから離れていったから」

「そんなことをおっしゃらないでください」

「いいんだ、余は母を恨まぬ」

そう言って、彼は右目に手をあてた。

「この目がつぶれた時に、皆に愛されていた梵天丸は死んだのだ」

梵天丸様は悲しげにうつむいた。

左目に生えた長い睫毛は義姫様に似たのだろうか。透けるように薄く小さい耳たぶが赤く火照っていた。彼の瞳は暗く沈んでいる。命尽きるのを待つ老馬のようだった。それは九つの子がしていい瞳じゃない。

この子は殻に閉じこもっても捻《ひね》くれてもいない。まっすぐすぎる故に、大人たちの心ない言葉や冷やかな視線に耐えられず、何も期待してなるものかと全てを諦めようとしているのだ。

いくら食い物が豪華でも煌びやかな着物をまとっていても、人が住めるような馬鹿っ広い厠を用意されていようとも人の心は満たされない。むしろ虚しさを助長するだけで、梵天丸様の傷ついた心に塩を塗るようなものなのだ。

なんとかして彼を救ってやりたい。この時、初めて私は心から思った。何を言っても気休めにしかならない気がしたが、黙っているよりはマシだ。

私はそっと彼の左手に触れる。

「死人の手は、こんなに温かくはありませんよ」

「戯言をぬかすな」

私をたしなめるように梵天丸様の左目が鋭くなる。

「梵天丸様が言うなと言うならばもう二度と戯言など言いません。傅役になった以上、あなたが望むならば、何でも致します」

するを梵天丸様の瞳に光が蘇った。

彼は懐に手をいれて、何かをむんずとつかんだ。

「では、確かめてやる」

彼が取りだしたものを見て、さっと血の気が引いていく。

懐から取りだされたのは、伊達家の家紋が入った小刀であった。桐の鞘に入ったそれを梵天丸様が私の顔に近づける。

まさか、これで腹を切れと言うのか。

脂汗が顔を覆っていく。何でもすると言った以上、武士に二言は許されない。腹を切れと言われれば従うしかないだろう。けれど産まれこそ武士の血筋だが、一度は宮司になろうと思っていた私だ。はい分かりましたと、腹を切り裂けるだろうか。現世への未練を断ち切れぬまま、うじうじとしている私に、梵天丸様がかけた言葉はこれまた予想外のものだった。

「これで右目の肉を切り取れ」

「はい？」

前髪を掻きあげて、彼は桃色の右目を表にだした。忌々しそうにブヨブヨとした肉片をつつく。

「この醜い塊さえなくなれば、まぶたを閉じることができる。見てくれも少しはマシになるはずだ」

梵天丸様はグイグイと小刀を私の頬に押しつける。

「どうした？　もう怖気づいたのか？」

彼の瞳は加虐的に歪み、「どうせできやしないだろう」と無言でうったえてきていた。頬骨にごつごつと鞘があたり地味に痛い。

仕方なく小刀を受け取り、手の中で転がして桐の感触を味わう。ほんの少しだけ鞘から刃を引きだしてみる。いかにも切れ味のよさそうな銀色の刃面に、私の顔が反射してうつっていた。

刀で梵天丸様の体に傷をつけるだと？

腹を切れと言われるより、よっぽど悩ましい頼みじゃないか。こんなことを引き受ければ喜多姉どころか輝宗様や義姫様からも怒りを買うかもしれない。下手すれば島流し、打ち首の刑が待っているかもしれない。

だが、さっきも言ったように武士に二言はない。

これを引き受けねば、二度と梵天丸様の心を開かせることはできないだろう。宮司になるはずだった未来の自分に別れを告げて、私は鞘から小刀を抜き取った。

「……わかりました」

まさか引き受けてもらえるとは思っていなかったのだろう。

梵天丸様は驚いたように目を丸くしてから、両手を使い改めて髪をかきあげた。

私はまじまじと右のまぶたから溢れる肉片と対峙する。桃色に膨れあがった塊に触れると、それはドクドクと脈打っているように感じた。

きっとたくさん血がでるだろう。

身がよじれのたうち回るほどの激痛が彼を襲うだろう。

できることならば、全てを代わってやりたい。そんなことを思いながら静かに刀をあてる。

刃先が冷たかったのだろう。ピクリと梵天丸様の体が震えた。彼の体がガチガチにこわばっている。

「いいのですね？」

「構わぬ」

「相当痛みますよ」

「ひと思いに早く！」

「本当ですか？」

「しつこいぞ、さっきか……」

ザクリ。

梵天丸様の言葉を遮って勢いよく肉片を切り裂いた。

さきほどまで右目からぶらさがっていた肉片がボタボタと落ちる血とともに、音を立てて床に転がっていく。

言葉にならない叫び声をあげて、そのまま彼は私の胸にしがみついた。ドクドクと右目の傷跡からは血が流れ、私の着物を染めていく。

「うぅ」

痛みに耐える梵天丸様の体はびっしょりと濡れていた。

今にも気が遠のきそうになっている汗まみれの彼をきつく抱きしめる。激痛に打ちのめされ、熱を発する小さな体は苦しげに震えていた。

「ご安心ください。これで、さきほどまでの梵天丸様は死にました」

ぽんぽんと背中をさすりながら、私は彼の耳元でそっと囁く。

「死んだ？」

「死んで生まれ変わったのです、新しい梵天丸様に。もうご自分を忌み嫌う必要はございません」

梵天丸様の瞳から堰をきったように涙があふれだす。

顔を歪ませて赤子のように声をあげながら、彼は泣いた。涙なのか右目から流れる血なのか、私の体に温かいものが広がっていく。

「ごめんなさい、酷いことを頼んで」

今まで澱のように溜まっていた悲しみを洗いざらい全て吐きだすように、わんわんと彼は泣いた。全身の水分を絞り出すように彼は涙を流し続ける。

「お寺から逃げてごめんなさい、ご飯を投げてごめんなさい、意地悪してごめんなさい」

彼の小さな頭を撫でながら、喜多姉の言葉が甦る。

梵天丸様は決して人前で泣くことはない。

確かに彼女はそう言った。

激痛のおかげとはいえ、これは彼が心を開いてくれたということだろうか。もしそうならば、こんなにうれしいことはない。

胸の奥で湯水のように湧きでるポカポカとした想いを噛みしめながら、私は彼の涙を拭った。

「ご安心ください。何も怒ってなどおりません」

「本当か?」

「えぇ……これからは、どんなことがあろうと小十郎がそばにおります」

それは厠の前で吐いた文言と同じだった。

だがあの時とは全く違う。

放つ言葉は一語一語重みを持ち、それが梵天丸様の胸に溶けていくのが、分かった。私は自身の言葉を噛みしめながら言葉を続ける。

「全身全霊をかけて梵天丸様にお仕え致します」

第二章
政宗に対する疑い

右目に垂れさがる肉片を切り落としたその日から、
梵天丸と片倉小十郎の絆は深く深く結ばれることとなる。
時は流れて一五八五（天正十三）年、元服した梵天丸は名を伊達政宗と改め、
一見立派に成長したように見えたが――。

むかぁし、むかし――というには少し早すぎる十九年前。

米沢の国に梵天丸《ぼんてんまる》という名の男童がおった。

山の頂に咲き誇る花々のように凛々しく、最上川のごとき清らかで美しい。梵天丸は生まれながらにして伊達家嫡男としての器を備えているようであった。

そんな彼に神々が嫉妬したのだろう。梵天丸に悲劇が襲いかかった。

疱瘡を患い、彼は右目を失ってしまったのである。

そんな息子の姿を見るに耐えなかったのか、母・義姫《よしひめ》は二男の竺丸《じくまる》に愛情を注ぐようになり次第に梵天丸に背を向けるようになってしまった。

母親からの愛情も受けられず、周囲からは好奇の目を向けられ続ける。

瞬く間に梵天丸の自信は水を絶たれたかのように萎れていき、自らの殻に閉じこもってしまった。

そんな気弱な息子を憐れに思ったのは父の輝宗《てるむね》である。この状況を打破しようと、梵天丸の傅役として「ある青年」を城に呼び寄せたのだ。

その青年の名前は――そう、この私。片倉小十郎《かたくらこじゅうろう》であった。

出会った当初は完全に私を拒絶しておられた梵天丸様だったが、紆余曲折を経て、今ではすっかり心を開いてくれている。

思えば、梵天丸様の右目の肉片を切り落とすという行為は、兄弟の契りと同じ役割を果たしていたのかもしれない。


一度は萎み枯れかけていた彼の自信はみるみるうちに膨らんでいき見事に開花することとなる。梵天丸様は十一歳の若さで元服。それに伴い名を「伊達藤次郎政宗《だてとうじろうまさむね》」と改めた。

政宗とは、伊達氏中興の祖である九代政宗にあやかったもの。

政宗という名前ひとつとっても、輝宗様の息子への大きな期待がしのばれる。十五歳になられると初陣を踏まれ、そして昨年十八になった政宗様は父輝宗様から家督を継がれたのである。いまや彼はお家を背負って立つ十七代目当主様なのだ。

梵天丸様改め政宗様は、己の弱き心に打ち勝ち一人前の武士として立派に成長を遂げられたのであった。

めでたしめでたし――とはいかないのが、現実である。

「片こ、片こはどこじゃ⁉」

政宗様の怒声が森中に響き渡っていく。その声に驚いたのか身を潜めていた鳥たちが一斉に飛び立ち、紅葉に染まる木々を揺らした。あまりの大声に、彼の声が彼方にそびえる山々に木霊する。

やれやれ、ついさっき小便にいくと伝えたはずなのに。狩りに夢中で私の話を聞いていなかったようである。

「片こ、片こ！」

叫び続ける政宗様に、褌を締め直しながら私は言葉を返した。

「ここでございます！」

「何をしておる！　早くこい、片こ！」

ここからでは姿は見えないが、また顔を真っ赤にして側近たちに怒りをぶつけているに違いない。

政宗様に仕え始めて、十年。

成長とともに自信の塊と化した彼は、幼き頃とは全くの別人である。

十年前の私に今の政宗様の状態を伝えれば「傅役にとって、こんなにうれしいことはない」

と泣いて喜んでくれるだろう。

そう、確かに彼は自信を取り戻して大きく成長なされた。だが自信を取り戻したら取り戻したで、問題がまだまだ山盛りなのである。

今の政宗様には、かつてのかわいらしい面影はない。

口が達者ですぐ人を見下す。

輝宗様から譲り受けた伊達家当主という肩書に酔いしれて本能のまま暴れまわり、すぐに癇癪を起こして後先考えずに行動してしまう。いつ政宗様の雷が落ちるのか、家来たちは皆ヒヤヒヤしながら生きているのだ。

つい先日も「朝餉の芋の煮方が気にいらぬ」と、突然城の料理人たち全員に暇をだしたばかりである。

新しい料理人を探している側近たちからは「怒って料理人を切り捨てなかっただけ、政宗様も大人になられた」などと、皮肉を言われる始末。なぜか傅役の私が周囲から責められる羽目になるのだ。政宗様への鬱憤を晴らしているのかもしれないが、とんだ迷惑である。

ちなみに、あえて言う必要もないかもしれないが、この「片こ」というのは私、片倉小十郎を指している名称である。側近をあだ名で呼ぶことが、政宗様の最近の流行りらしい。

ついでに言っておくと前回の流行りは側近を動物に当てはめて呼ぶことであった。更に補足しておくと、その時の私の呼び名は「イノコ」だ。

つまり猪である。

猪武者なんていう言い回しもあるくらいだ、猪にたとえられてうれしいものはいない。このようなあだ名遊びを「親しみが込められている」と言えば聞こえはいいが、要は完全に舐められているのだ。

幼少期の傷のせいなのか、もとの性格なのか判断しかねるが、大人になられた政宗様はいろいろとこじらせてしまっているのである。

「かぁ～たぁ～こぉ～！」

「今参ります！」

慌てて袴の位置を戻して、木々をかきわけて前へと進む。

政宗様は木霊にでもなったつもりなのか、飽きることなく「片こ」と私の名前を連呼している。到着するまで叫び続けるつもりなのだ。まったく、そんな大声で怒鳴り散らしていては猪が山奥に逃げてしまうではないか。せっかくの猪狩りが台なしだ。降り積もった落ち葉にズブリと足が沈み、何度か転びそうになりながらも、私は急いだ。

長年ともに暮らしているおかげで、政宗様の感情の動きは大体把握できている。大声をあげて猪を逃がしておいて「おまえのせいで狩りがうまくいかない」と不機嫌になり、私に当たり散らすのだ。もう大人なのだから、そういう理不尽な行動はよしていただきたいものだ。毎回毎回政宗様に振り回されて、ゆっくり潮風も奏でることができない。

「遅いぞ、片こ！」

顔を見るなり、政宗様は手に持っていたものを思い切りこちらに投げつけた。コツンと私の額に命中したそれは、丸々とした団栗《どんぐり》であった。待っている間に拾い集めた——いや、家来に拾い集めさせたのであろう。子どもじゃあるまいしと呆れる私に向かって、次から次へと政宗様は力いっぱい団栗を投げつけてくる。

「申し訳ありません」

真っ向から団栗攻撃を受けながら、私は頭をさげる。地味に団栗は痛いが耐えなければならない。下手に避けると「何だその態度は」と余計機嫌を損ないかねないからだ。

「さきほども申しましたように、用を足しにいっていたもので」

私の言葉を聞き、政宗様は更に左目を鋭く光らせ、私を睨みつける。

「何をしていたかなど興味はない！」

「おっしゃる通りで」

「ったく、おまえのせいで狩りの気分ではなくなったわ！」

猪に逃げられた彼は、狩りにすっかり飽きてしまったようである。手に持っていた団栗を全部投げ終えると、フンと鼻を鳴らした。

「片こ、宴じゃ！　さっさと支度をせんか」

「かしこまりました」

真昼間から狩りに宴とは、と呆れながらも家来たちに指示をだす。こちらが何を言っても耳を傾けてくれる相手ではない。政宗様の我儘《わがまま》におつきの者たちも慣れっこで、彼らは慣れた様子で馬に積んであった酒や料理を下ろし始めた。

宴の準備を待つ政宗様は家来に持たせていた臙脂《えんじ》色の羽織を奪い取るようにつかみ、勢いよく袖を通して、床机椅子に腰かけた。

赤茶の蜻蛉絣の着物に渋い山吹色の袴を合わせた彼の出で立ちは紅葉鮮やかな秋の山々に溶け込んでいる。それに合わせてか右目には菊が描かれた布地の眼帯がつけられていた。派手な眼帯も最近の彼の流行りのようである。

政宗様が眼帯に凝りだしたのは、元服を終えたあたりだった。

自信を取り戻したとはいえ、やはり潰れた右目は彼の劣等心を煽り続けた。それを覆い隠したくなるのは、ごく自然な考えである。

丁寧に鞣《なめ》された黒革のものや、刀の鍔《つば》を模した鉄製のもの、着物に合わせた布地のもの、時には何もつけず潰れた右目を露わにした。その時彼は眼帯を変えるようになったのだ。幼き頃から更に美しさに磨きをかけた政宗様は、どんな眼帯も着物も簡単に着こなしてしまう。

天は二物を与えずというが、私から見れば政宗様には人の何倍もの才気が与えられているように見える。その全てを覆い隠してしまうような我儘さのせいで周囲からの評価は得られていないが、こじらせた性格さえどうにかなれば家来たちも皆、彼を認めるはずだ。そう信じていなければやっていけない、というのが本音である。


「やっとできたか」

待ちくたびれたように政宗様が溜息をつく。紅葉越しに陽を浴びて彼の白い頬が色づいていた。心身ともに己を鍛えあげて病魔を払いのけてはいるが、肌の青白さだけは昔のままである。政宗様はゆっくりと家来たちが用意した盆を覗きこむ。私は盆を指さしながら説明をくわえていく。

「香の物と蒲鉾。蒸かした里芋は味噌をつけて食べるのがよいかと」

どれも政宗様の好物だ。

急きょこしらえたにしては上出来である。

だが政宗様は冷やかに盆に目を向けて、唇《くちびる》をへの字に結んだままだ。

「いかがなさいました？」

と、私が尋ねたと同時に政宗様が声をあげた。

「つまらん！」

「へ？」

「こんなつまらん料理では気分があがらぬと言っておるのだ！」

そう言うと彼はプイッと顔を背けてしまった。膨れ面の時だけは幼い頃の面影が微かに甦る。どうせ甦るならば、もっとかわいらしいお顔をしてほしいものだとつねづね思う。一度駄々をこね始めたら、なかなか彼の腹の虫は収まらない。何か粗相をしてしまったのかと、動揺する家来たちにさがるように命じてから、私は政宗様の隣に腰をかけた。

「急な宴だったもので勘弁してやってください」

「別にご馳走を並べろと言っている訳ではない！」

政宗様はブツブツと「せっかく山々に囲まれての宴だというのに」と文句を言い続けている。つまりは山で採れた食材が食べたいということであろう。ここまで彼が食にうるさくなったことだけに関して言えば、私も責任を感じている。

食が細く偏食であった幼き政宗様に、いかに食が大切かを解いたのは私だからだ。体の資本であるとの考えは今でも変わっていないし、私の教えを真摯に受けとめてくださったことに喜びも感じている。

だが食へのこだわりが、いささか度がすぎてきている気がしてならないのだ。芋の煮方に腹を立てて料理人を追いだしたり、朝晩の献立を自ら考えてそれ通りに作るように突然命令したりしている。

料理人たちは献立に書かれた食材を手にいれるために相当苦労しているようだ。国中を走り回り、やっと食材を手にいれたとしても、少しでも政宗様の口に合わなければ一切食べてもらえない。幼い頃から美味いものばかり食べていることもあり舌だけは肥えており、味には人一倍うるさいのだ。

最近では「俺が作った方がマシだ」と自ら料理をすることもあるらしい。それがなかなかの腕前だというから余計タチが悪い。

この前も、虎哉宗乙《こさいそうてつ》禅師がくださった菓子に「甘ったるい」と文句を言っていたっけ。禅師が笑って済ませてくれたからよかったものの、失礼極まりない言葉だ。

政宗様の食いしん坊さは周囲に広まっているらしく客人が食べ物を土産で持ってくることが多くなったが、こちらとしてはいい迷惑である。土産が届く度に冷や汗でびっしょりになりながら政宗様の反応を探るこちらの身にもなっていただきたい。

「川魚でも釣ってまいりましょうか」

困り果てた私の提案を政宗様は無視する。

「魚が嫌ならば、野兎などでも」

その瞬間「戯《たわ》けっ」という言葉とともに、何かが飛んできた。思わず手で受けとめると、それは里芋だった。

「それは猪を狩れなかった俺への当てつけか？」

出会った時の握り飯といい、政宗様は私に食べ物をぶつけるのがお好きらしい。食に気を使う癖に、食べ物を粗末に扱うのは悪い癖だ。仕方なく私は手の中で潰れた山芋を頬張る。ホクホクに蒸されて実に美味い。一口食べれば政宗様だって満足すると思うのだが。ごくりと芋を飲み込み、私は提案を続ける。

「柿でも、もいでまいりましょうか」

「ここらの柿は渋柿だ」

「森に入った時、あたりにムカゴが生《な》っていたような」

「そんなところまで戻りたくはない」

戻るのはあなたではなく家来たちなのだからいいじゃないか、と胸中でつぶやきながら、私は周囲を見渡す。このままでは政宗様の機嫌はますます悪くなっていくだけだ。どうしたものかと頭を抱えていると、私の目に「ある物」が飛び込んできた。

「では、きのこでも摘んでまいりましょうか」

きのこという言葉に、ピクリと政宗様が反応した。

針にかかった魚を逃がすものかと、私は口早にまくしたてる。

「摘みたてのきのこで、きのこ汁などはいかがでしょうか？　秋風に吹かれた体も温まることでしょう」

「いいではないか」

政宗様はニヤリと口元を緩める。やっと機嫌が直ってきたようだ。これ一安心と私が安堵していると、何を思ったか彼は立ちあがると羽織を脱ぎ捨て、私に押しつけた。

「政宗様」

「では摘んでくるとしよう」

政宗様は籠を手にし、ズンズンと山奥へと進んでいく。どうやら彼は自らの手できのこを摘むことにしたらしい。勝手に動きだした政宗様に家臣たちにも動揺が走る。

「お待ちください！」

私は慌てて、彼を引きとめた。

「わざわざ政宗様が動くことはありません。家来たちに急いで摘ませてまいります」

好き勝手に動き回られては護衛をする家来が困ってしまう。それに毒のあるきのこでも摘まれて腹でも壊されては大変である。しかしそんな家来の気苦労など関係なしの政宗様は
「分かってないな、片こ」

と、ワザとらしくため息をついてみせる。

「きのこ汁は奥が深いのだ。きのこの種類、その量によって味が全く変わってしまう。それに……」

勿体つける政宗様に「それに？」と、私は答えを急ぐ。政宗様はやたらと格好つけながら、私を見やりニヤリと笑った。

「料理心のなきは拙き心だ」

それはかつて私が政宗様に言った言葉だった。

「食事は剣術の稽古と同じ。体を鍛える術なのだろう？　自らきのこを摘み、自らの手で調理する。これこそ最高の体術ではないか」

きのこ汁などと易々と提案してしまった自分を恨み、食事は稽古だなどとのたまったかつての自分を呪う。

「では私もご一緒いたします」

「いい、おまえは笛でも吹いて待っていろ」

「しかし」

「子ども扱いするな」

声色を変えて、政宗様はピシャリと言い放った。

「そういうのは生まれる子どもにしてやればいい」

「政宗様？」

「俺はもうひとりで生きていける！」

言葉を吐き捨てると、彼は家来を引き連れて山奥へと走っていった。笛でも吹いていろと言われても、こんな状態で潮風を愛《め》でる気にはなれない。

やはり政宗様は私に子が生まれることを気にしているのだろうか。私の胸中に、再び「ある疑い」が渦巻き始めていた。

＊

正室である蔦《つた》が身ごもったと知らされた時、私は庭で潮風を奏でていた。

桃の節句も終わったというのに大雪が降った後で、今年の春はまだまだ遠そうだと人々が口にしていたのを覚えている。

確かに春は待ち遠しかったが、私は雪に包まれた米沢を見るのが好きだ。その日も庭に積もった雪が朝日を反射して眩しいほどに白く輝いており、笛を奏でながらその美しさに酔いしれていたのである。

「ややこが、できました」

蔦は短く私に告げた。

「それは真か!?」

あまりの驚きで私は潮風を雪の中に落としてしまった。

「あら」

それを見た蔦は笛を拾いあげようと雪の中に足を突っ込もうとしたが
「ならぬ、体を冷やしては！」

慌てて私は自ら雪の中へと飛び込んだ。

勢いがついてしまい、そのまま膝をついて前のめりに倒れる。瞬く間に着物に水が染みていき、体温が奪われていく。だが不思議なことに私はあまり寒さを感じなかった。一足早く春が訪れたように胸の奥がじんわりと温かくなっていたからだ。

「そんなことでは、生まれてくる子に笑われますよ」

蔦はクスクスと笑いながら、手を伸ばして私を引っ張りあげてくれた。

あの時、蔦とともに眺めた白銀の風景を、私は生涯忘れることはないだろう。


婚儀をあげて四年。待望の我が子であった。

だが、今まで味わったことのない喜びの後に一抹の不安が脳裏を過った。

その不安の正体こそ、政宗様なのである。

政宗様が愛姫様と婚儀をあげられてから五年が経とうとしていたが、いまだにおふたりの間に子は宿っていなかった。

私と政宗様がもっと年が離れていれば、そんなことを気にする必要はなかったであろう。だが十歳と言う年齢差は非常に微妙である。そして私は政宗様が心を開いた数少ない人間である。義姫様のように彼を見放したように思われるような誤解はなるべく避けたかった。

二十五になるまで妻を娶らなかったのだって、女性たちに私が嫌われていた訳ではなく、政宗様が婚儀をあげられてからと決めていたからである。だが子どもの宿る順番までは調整ができなかった。


一体どうするべきなのか。

悩んだ私は喜多姉《きたねえ》に相談をすることにした。乳母である彼女ほど政宗様を理解している人間はいないからである。だが彼女は私の話をまともに聞こうとしなかった。

「そんなことを気にするお方じゃないわよ」

喜多姉は、私に肘鉄を久しぶりにお見舞いしながら続けた。

「アンタ何年も若様のそばにいて、そんなことも分からないの？」

姉の言葉に一度は安心したのだが、やはり不安は拭いきれなかった。

伊達家当主になったばかりの政宗様にとって世継ぎが産まれないことは非常に悩ましい事態である。

弟の竺丸様も元服され、名前を政道様《まさみち》に改められたばかり。

婚儀をあげられるのも時間の問題。もし政道様に先に世継ぎが生まれようものならば、伊達家当主を政道様にしようなどという動きがでるに決まっているのだ。

だからこれ以上、赤ん坊について余計な気苦労をさせたくなかったのである。次第に大きくなる蔦の腹と同様に、私の中でも「ある考え」が膨らみ始めていた。

もし政宗様を苦しめるような存在ならば、この子のことは諦めるしかないと。

もちろんそんなことはしたくないが、私が第一に優先すべきは蔦でもなく腹にいる子でもなく、政宗様なのである。

本音と忠義の間で私の心はグラグラと揺れていた。その揺れのせいで船酔いを起こしたかのように、気分が優れぬ日々が続いていた頃、あの事件が起きた。

喜多姉が暇をだされたのである。

理由は政宗様の茶碗を割ったという、至極くだらないものだった。

何年も乳母として伊達家に尽くした姉にそんな仕打ちをするなんて。恩知らずもいいところである。身分が高いというだけで、こんな不義理が許されるのか。政宗様を説得しようと立ちあがった私をとめたのは喜多姉自身だった。

「いいのよ、小十郎」

喜多姉は顔のしわを更に深くさせながら目を細めた。

「だって、もう私が必要ないくらい立派になられたってことでしょ。乳母としてこんなにうれしいことはないって」

自分自身に言い聞かせるように喜多姉は話していた。その姿が私の胸を締めつける。

周囲から何度宥《なぐさ》められようとも、私の腹の虫は収まらなかった。

隠居していた輝宗様も、この事態に戸惑い政宗様を説得しようとしてくださったが、彼の決意は揺るがなかったのである。


禅師を連れて私の屋敷を訪れた輝宗様は「このようなことになって、すまない」と、頭をさげられた。

その瞬間、私は彼にも怒りを覚えてしまった。お門違いなのは分かっている。しかし輝宗様にそんなことをされては、もう何も言えなくなってしまう。

「小十郎殿」

沈黙に耐えられなくなった禅師に名を呼ばれ、渋々口を開く。

「輝宗様がお謝りになることではありませんので」

言葉を絞りだして私は庭に目を向ける。大人げない強がりだった。

一面を覆っていた雪は姿を消して黄菖蒲が見ごろを迎えている。それは喜多姉が植えさせた花であった。

暇を言い渡された彼女を、自分の屋敷に引き取ったのである。

悪阻《つわり》の酷い蔦に喜多姉がベッタリと寄り添い、今ではすっかり意気投合しているようだ。

幸せそうに隠居生活を送る姉の姿に徐々に政宗様への怒りが静まっているのも事実。だが木炭のように、炎はあがっていないものの、体の芯では怒りと不安がいまだに燻って留まり続けているのも事実なのだ。蔦の膨らんだ腹を思い出し、再び私の脳裏にあの考えが過る。やはり負の根源を断つしかないのではなかろうか。


「小十郎殿」

禅師に名を呼ばれ、私は黄菖蒲から目を離した。

春の日差しに照らされながら、禅師は足の裏を何度も押し続けている。

「ちょっと失礼させてもらうよ、足が痺れてかなわん」

ワザとらしく顔をしかめて、禅師は輝宗様の肩に手を乗せて立ちあがる。

十六代伊達家当主を手すり代わりに使うなど無礼極まりない行為をして許されるのも彼くらいなものだろう。

そもそも禅師ともあろうお方がこんな短時間で足が痺れるはずがない。足をヒョコヒョコと引きずりながら部屋を後にする禅師を、取り残された輝宗様は気まずそうに見送っている。

私たちは何を話していいか分からず、しばらくの間見つめ合っていた。徐々に日が沈み始めて、輝宗様の顔を照らしだす。

こうやって彼とふたりきりで話すのも、私が米沢城を訪れた晩以来かもしれない。胡坐をかく輝宗様は、あの頃に比べて、随分と白髪が増えて眼差しも柔らかだ。顔に刻まれたしわは、ひとつひとつに戦国の世を駆け抜けた彼の生き様が刻まれているように深い。その風貌は、ずっしりと根を張る松の大木のようである。

日差しが顔に当たり、眩しそうに目を細めている輝宗様を見かねて障子を閉めようと立ちあがった時だった。松の大木が私の手をつかんだ。

「輝宗様？」

輝宗様の手のひらは硬く乾いていた。

「小十郎よ」

私の手を力強く握りしめたまま、言葉を続ける。

「これからも政宗のそばにいてやってくれるか？」

そこにいたのは十六代目伊達家当主ではなく、息子を想うひとりの父親であった。どうか息子を見捨てず支えてやってほしいと、懇願するような輝宗様の眼差しから目を離すことができなかった。彼に見つめられながら、私は戸惑いを覚えていた。喜多姉への不義理に腹を立てていたが、政宗様から離れるという選択肢を一度も考えなかったのである。さまざまな感情がかき乱れて心の船酔いが悪化していく。

「茶碗を割ったのは姉の失態でございます」

気がつくと、私は思ってもいないことを口にだしていた。

「初めての子ということもあり、私も蔦も不安を感じておりましたが姉のおかげで不安が薄らいだ気がしております」

「では？」と、確認するように輝宗様が尋ねた。

「はい。片倉小十郎、この命つきるまで政宗様にお仕えする覚悟でございます」

私の言葉を聞いて、輝宗様は何度も「かたじけない」とつぶやいた。こうして私は政宗様を許した。そして同時に子を殺めるという選択肢を失ったのである。

＊

そんなやりとりを終えてから半月の時が流れた。

腹の子どもは喜多姉の手助けのおかげかスクスクと育っている。嘘か本当か分からぬが禅師いわく、腹の子は男児だという。適当なでまかせなような気もするが禅師に言われると本当な気がしてくる。この半月、胸に渦巻く「疑い」は勘違いであると、私は自身に言い聞かせてきた。

政宗様が消えた森の奥を眺めながら、私は再び胸の奥がグラグラと揺れ始めるのを感じていた。ついさきほどまで政宗様が私の子どもについて言及することはなかった。

「俺はもうひとりで生きていける」と、政宗様はおっしゃられた。やはり彼は私に子どもができることを面白く思っていない。私が彼から離れていくと思われているのかもしれない。やはり私の不安は間違っていなかったのではないか。

私に世継ぎが、しかも男児が生まれる。それが政宗様を苦しめているのではないか。不毛で恐ろしい考えが頭を擡げている時である。

「政宗様、政宗様！」

大慌てで何者かがこちらに近づいてくる。

それは城からやってきた使者であった。

積もった紅葉に足を滑らせて、尻餅《しりもち》をつきながらも使者は走り続ける。そのただならぬ様子に私は男に駆け寄った。

「どうしたのだ？」

使者は私の姿を発見し、一瞬安堵した表情を浮かべるとゴクリと喉を鳴らした。

「……輝宗様が」

走り続けて喉が渇いているのか、使者の声は途中で擦れて聞き取れない。

「輝宗様？　輝宗様がどうしたのだ？」

使者は唇を舐めて、口内を唾液で満たしてから声をあげた。

「輝宗様が、畠山に捕らえられました」

＊

使者からの知らせを受けて私たちは馬を走らせた。

先頭を走るのは政宗様である。土埃をあげながら猛然と彼は進んでいく。

「急げ、急ぐのだ！」

政宗様は何度も馬に鞭打ち、先を急ぐ。頬からは汗が滴り、焦りで顔が染まっている。あまりの激しさに眼帯がひらりと地に落ちていったが、政宗様はそれに気をとめることなく手綱を引く。

「大内めっ」

唇をきつく噛みしめて、政宗様が唸り声をあげた。御父上が捕えられた責任を感じて彼は悲痛に顔を歪めている。

輝宗様を捕らえたのは二本松城城主・畠山義継《はたけやまよしつぐ》である。だが裏で手を引いているのは、小浜城城主・大内定綱《おおうちさだつな》に違いなかった。


大内定綱は古くから東北の地を支配する戦国大名である。

といっても彼が治める領土は、さほど大きくはない。伊達家や蘆名《あしな》家など、周囲の力関係を見定めながら生存してきた小大名だ。

政宗様が家督を相続した直後、大内は伊達家への従属を誓ったが、すぐに反旗を翻して離反したのだ。伊達家の首領になったばかりの、血気盛んな時、この仕打ちである。

当然政宗様は怒り狂った。

こんな侮辱を許してなるものか、政宗様はすぐに立ちあがった。当主になってからの初戦である。大内の支城である小森山城を攻めた政宗様は、城主とその親族を含めた二百人あまりを皆殺しにした。のちに「撫で斬り」と呼ばれる作戦である。女子どもも躊躇《ためら》わず切り殺す政宗様の姿に私も背筋が凍り、何度吐き気が襲ったか分からない。

戦《いくさ》というものは、大抵仲介者が入り、両者ほどほどのところで決着をつけるものなのである。政宗様は仲介人を立てることなく敵陣にいた人間を皆殺しにすることで奥州の諸大名を震えあ

がらせようとしたのである。もっと穏便な解決の仕方があったはずだが、政宗様は穏便さよりも恐怖心を重要視したのだ。その効果はてきめんだった。大内は小浜を捨てて蘆名氏を頼って逃亡したのである。

「この腑抜けが」と、政宗様は大内を鼻で笑い勝利の味に酔いしれておられた。問題は全て片づいたと思われていた。

だが気づかぬうちに小森山城で生じた亀裂が、じわじわと音を立てずに広がっていたのである。大内に加勢していた畠山は、大内の逃亡により慌てふためいていた。悩んだ畠山は自らの保身のために、隠居していた輝宗様を頼ったのである。

輝宗様が在城する宮森城を訪れて伊達家への服従を誓った、はずだったのだ。

政宗様が狩りに興じている頃、畠山は伊達家服従を取り持った輝宗様にお礼を言いにやってきた。

そこで何を考えたのか畠山は突然、輝宗様の胸倉をつかむと喉に脇差を突きつけたのである。輝宗様を盾に、畠山はそのまま二本松の城へと戻ろうとしている。今考えれば畠山に輝宗様を頼るように指示したのも大内かもしれない。

私たちが駆けつけたのは、城から二里も離れた阿武隈川《あぶくまがわ》岸であった。

そこには畠山に人質に取られる輝宗様の姿がある。川辺には伊達の火縄隊と家来たちの姿があった。輝宗様を人質にとられ、手出しができないまま、ここまで畠山を追ってきたのであろう。

「なんてことだ……」

政宗様の声は震えている。彼らが対岸に渡ってしまえば、そこは二本松領だ。領地に入れば、こちらがどんどんと不利になってしまう。

それだけは避けなくてはならない。脇差を喉に突きつけられた輝宗様の姿を見た瞬間、政宗様の首筋がカッと怒りに染まっていった。

「父上！」

感情のままに政宗様が叫ぶと、畠山は輝宗様に脇差を更に喉元に突きつけた。

「とまれ、畠山！」

だが歩みを緩めることなく畠山はグングンと対岸に向かい、進んでいく。

「クソッ」

今の政宗様には、対岸から畠山に叫ぶことしかできない。彼は髪をかきむしり、地団駄を踏む。その姿に私も悔しさで気が狂いそうだった。しかし私だけでも冷静にならなければ。自らの太ももを叩き、息を吐きだすと私は自分に言い聞かせるように政宗様に告げた。

「落ちつかねばなりません、どうするべきか考えましょう」

「そんな悠長なことをしてられるかっ」

どんどんと遠くへ離れていく父の姿に政宗様は叫んだ。

「このままでは父上が！」

「輝宗様を助けるに、まずは畠山の要望を聞きだすのです。なんとしてもこの川岸で決着をつけねば」

「くっ」と、政宗様は悔しげに歯を食いしばる。畠山に伊達が屈したと知れば、諸大名たちは次々と反旗を翻すだろう。だが、それしか輝宗様を助ける術《すべ》は残されていない。自身を納得させるように政宗様は目を瞑り、何度か眉をひそめた後、決心がついたようにコクリと一度頷いた。

「それしか、術はないか」

政宗様が畠山の方に顔を向けた時である。

「政宗、私を撃て！」

今まで口を噤み項垂《うなだ》れていた輝宗様が叫んだ。

「黙れ！」と、畠山がグイと脇差を喉に突きつける。刃先が刺さったのか輝宗様は一瞬「うっ」と声をあげたが、構わず叫び続けた。

「父を顧みるな、伊達の家名を守るのがおまえの使命！」

輝宗様の声は阿武隈川に轟く。その声は川面を震わせ、我々の胸に響き渡った。

「政宗、早く私を撃て！」

何度も叫ぶ父上の姿に政宗様は唖然と立ち尽くしている。

言うことを聞いて父に引き金を引くのか、畠山に屈するのか。正解のない問いに政宗様が悩んでいる間に、畠山との距離は離れていく。

自分には何もすることができないのか。私が無力さに震えていた、その時である。突如対岸から突き刺さるような鋭い視線を感じたのだ。ハッとして顔をあげると、輝宗様が叫びながら私をじっと見つめていた。その眼力にドキリと胸を射とめられる。輝宗様は瞳で私に何かを訴えようとしておられる。目を逸らしたら、彼の想いが零れ落ちてしまいそうで、私は必死に輝宗様を見つめ続けた。

その時である。

「これからも政宗のそばにいてやってくれるか？」

かつて輝宗様に言われた言葉が鮮明に甦った。彼との約束を、今こそ私は守らねばならないのだ。私は決心を固めて、ゆっくりと政宗様の肩に手を乗せる。

「離せ！」

ビクリと驚いた政宗様は反射的に私の手を振り払おうとする。

だが私は力強く肩をつかみ続けた。

どんな答えを選ぼうとも、私はあなたのそばにおります。そんな思いを込めて強く、強く……。

するといたするとう強張《こわば》っていた政宗様の肩がふっと和らいだ。政宗様の肩がふっと和らいだ。政宗様は胸元に手をいれ、何かを取りだす。それは鍔を模した眼帯である。素早くそれを右目につけると、彼は輝宗様の声をかき消すように声を張りあげた。

「鉄砲隊撃て！」

火縄隊に動揺が走る。

「何をしている、政宗様の声が聞こえぬのか?!」

撃つのを躊躇している鉄砲隊を私は怒鳴りつけた。その瞬間、鉄砲隊の持つ火縄が次々と火を吹いた。乱射される鉛玉を浴びて、次々と畠山の家来たちが倒れていく。それは輝宗様と畠山も例外ではなく、ふたりはその場にうずくまる。まだ双方息はあるようだ。

「続け！」

刀を抜くと政宗様は畠山に向かい、一直線に走りだした。私もすぐさま後に続く。火薬の匂いと土煙が漂う川岸をひたすら政宗様は走る。その動きは速い。自分の前に立ち塞がる者は容赦なく斬り捨てていった。彼の瞳には輝宗様の姿しかうつっていないようだった。

敵兵たちも黙っていない。

刀を抜き、十七代当主の首を狙い一斉に眼帯の男に向かっていく。瞬く間に敵兵の壁が現れ、政宗様に立ち塞がった。

「邪魔はさせない」

柄《つか》を強く握り直して、私はそのまま敵兵に飛びかかった。

不意を突かれて一瞬固まった相手に刀を振りおろした。刀は男の首筋に食い込む。私は容赦なく刀を引いた。血しぶきがかかるが、そんなことを気にしてはいられない。

右頬に生ぬるい液体がかかるのを感じながら新たな敵を斬り倒す。気がつくと私は政宗様の真横に立っていた。


「片こ？」

私は荒い息を整えることなく伝えた。

「道は作ればいい」

「なんだと？」

「私が道を作ります、あなたはただ真っ直ぐ御父上のもとへ」

目を見開いた政宗様は、うっすらと笑みを浮かべて「戯けっ」とつぶやいた。

その合図を受けて私は走りだした。

政宗様の道を作るべく、まっすぐ敵兵の壁を突き進む。私の意図を理解した伊達の家来たちも加わり、政宗様のために道を作っていく。もう誰も彼をとめることはできなかった。

一歩、二歩と畠山に政宗様は近づいていく。

そして、命乞いをする畠山に向かい、政宗様は思い切り刀を振りあげた。

＊

潮風を奏で終え、私は静かに息を吸い込んだ。

鼻の奥に広がる匂いは秋の終わりを告げている。もうすぐ冬が訪れようとしているのだ。屋敷の中庭に植えられた寒椿の蕾はまんまるに膨らんでいる。

「悲しげな音色でしたね」

演奏に耳を傾けていた蔦が大きな腹をさすりながらつぶやく。悲しげな音色になってしまうのも、無理はない。さきほどの演奏は輝宗様を弔うものなのだから。あの恐ろしい光景が甦り、私はそれを振り払うように首を振った。


政宗様に追い詰められ、自分の命の危険を察知した畠山は道づれにするように、倒れている輝宗様の胸に脇差を立てたのだ。

なんという卑怯な振る舞いだろう、思いだしただけでも怒りが込みあげてくる。寸前で父親を助けることができなかった政宗様は獣のように叫び血走った左目で畠山を睨みつけると、何度も何度も彼に刀を振り下ろし続けた。

切り刻まれた遺体は藤で縫い合わされて磔にして、小浜城下にさらされたそうである。輝宗様のご遺体は賓珠山嘉徳寺で荼毘《だび》にふされ、虎哉禅師の資福寺に葬られることになった。彼の後を追い、三名もの殉死者がでたそうである。あれほど偉大なお方だ、無理もないだろう。

一方の政宗様は涙を流すことなく、葬儀でも毅然と振る舞い続けていた。家督を継いだばかりの政宗様にとって、輝宗様を失ったのは相当な痛手であり、悲しんでいる暇はないと気を張り詰めているのだろう。

すでに彼は次なる標的を定めていた。

大内の属する蘆名である。

蘆名は周囲の大名を束ねて政宗様に襲いかかるであろう。それでもこれは輝宗様の弔い合戦だ。大軍を前にしたからといって、引きさがる訳にはいかないのである。

「夕食《ゆうけ》に致しましょう」

ぼんやりと空を見あげる私の背中を蔦が撫でる。

「あぁ、そうだな」

潮風を懐にしまい屋敷にあがると、実に美味そうな匂いが部屋中に充満していた。並べられた盆を見やると、そこには大きな椀がひとつだけ置かれている。

「今日はご馳走ですよ」

そう言いながら喜多姉は茶碗に炊きたての飯をよそっている。彼女はいつになく機嫌がいい。下品なほどに山盛りの白飯を、私の盆に置いた。

「この椀が、ご馳走ですか？」

戸惑いながら蓋を開けると、そこにはきのこ汁が入っていた。

「これは」

まさかと思いつつ蔦を見やると、彼女も喜多姉同様に実に楽しげに微笑んでいる。

「猪の肉で出汁《だし》をとったそうですよ」

「そうですよ、ということは」

「ええ、政宗様特製のきのこ汁でございますよ」

なぜか喜多姉は得意気に胸を張りながら「十種類もきのこが入っているそうですよ」と椀から漂う湯気の匂いを嗅いだ。

「でも、なぜ政宗様がわざわざ私に」

「あらアナタにではございませんよ」

喜多姉は悪戯っ子のような笑みを浮かべて、蔦の腹をさする。

「この子のためでございます」

「腹の子の？」

「ええ、腹の中にいる時から稽古をつけてやるのだとおっしゃっておりましたよ。そのために一緒に狩りにいかれたんでしょう？」

政宗様にそんな企みがあったなんて全然気がつかなかった。私は唖然としたまま椀を眺めていた。私の子のために、政宗様がそんなことをしてくれるなんて信じられなかったのである。

「アンタ、まさか若様はあんたに子ができることを好ましく思っていないのに……なんて考えてるんじゃないでしょうね」

喜多姉は読心術まで身につけておられるのか。図星を突かれて私はうまく言葉を続けることができない。

「アンタって本当馬鹿ね……若様の考え通りだわ」

「考え通りって、何をおっしゃっているのです？」

「まずはいただきましょう、汁が冷めます」

「しかし」

食いさがる私に、喜多姉はウンザリしたように語りだ出した。

「若様はアンタが変な気をまわして子どもを殺すんじゃないかって心配されていたのよ」

彼女はズズズときのこ汁を啜り「あぁ美味しい」と一息ついてから言葉を続ける。

「あんたが萬に変な薬でも飲ませたら大変だって、若様は私の任を解いてアンタが手出しできないようにお腹の子を守ってたって訳」

「そんな」

政宗様の我儘な振る舞いは全て私の子を気づかっての行動だったと言うのか。

「ならばそうと教えてくれればいいじゃないですか、喜多姉」

「こうでもしなきゃ、アンタの屋敷の世話になれないからね」

「これじゃあ私のひとり相撲じゃないですか？」

子どもと政宗様を天秤にかけ、姉を庇い、声を荒げたあの時間はなんだったのだ。

文句を言う私を一切相手にせず「アンタの忠誠心より、政宗様の慈悲が上回っただけのこと」とピシャリと言うときのこ汁を飲み干した。

「私は恥ずかしいです、政宗様を勘ぐってしまうとは」

喜多姉は項垂《うなだ》れる私の背中をバシンと叩いた。

「そうよ、これからはどんなことがあっても信じてあげなさい……あなたが輝宗様の分も盾になるの。いいわね」

私は椀を手に取り、ゴクリグクリと汁を飲み干した。きのこの香りと旨みが体を駆け抜けていった……いや、実を言うと胸が熱く締めつけられすぎて、いまいち味が分からなかった。

だが、あの政宗様が作ったのだから美味いに決まっているだろう。椀を空にして私は立ちあがった。

「でかけてくる」

喜多姉と蔦に見送られながら、私は走りだした。向から先はもちろん、米沢城である。今までの振る舞いを政宗様に詫びたかった。

そして伝えたかったのだ。

これからもずっと片倉小十郎は十七代目当主伊達政宗様のそばにおりますと。輝宗様の代わりになどなれるはずがないが、今までの何倍もの力であなたを支えますと。

第三章
もうひとりの小十郎

一五九〇（天正十八）年、伊達家当主となった直後に輝宗を亡くし、
父の弔いのために日夜戦に明け暮れていた政宗は、
その戦いに終止符を打ち、奥州の覇者として名を轟かせるようになる。
しかし彼の前には、戦国の世を勝ち残ってきた名だたる武将たちが立ち塞がる——。

七種《くさ》を一葉によせてつむ根芹

これは黒川城で行われた伊達《だて》家の連歌会で、政宗《まさむね》様が詠まれた句である。


父・輝宗《てるむね》様の死から四年。

阿武隈川《あぶくまがわ》から始まった弔い合戦は、やがて奥羽の覇権争いへと変わっていった。元来、米沢の周りに由緒も勢力も有する大名がひしめいている。

北には義姫《よしひめ》の兄上である最上《もがみ》氏。

東南には相馬《そうま》氏と岩城《いわき》氏。

遠く南の常陸には佐竹《さたけ》氏。

北東には葛西《かさい》氏と大崎《おおさき》氏、そして米沢のすぐ南の黒川には奥羽の名門・蘆名《あしな》氏がいる。彼らは時代によって同盟を組み、いがみ合い、勢力の均衡を取り続けているのだ。だが輝宗様の死によって、その均衡は崩れてしまったのである。父を殺された怒りに支配された政宗様は家臣を前にして吠えた。

「攻められる前に攻め落とす」

今まで手綱を持ってくれていた父親を失い、彼は荒馬のごとく暴れまわった。幾度も苦汁を舐めながらも、とうとう摺上原《すりあげはら》での合戦で蘆名を滅ぼし、政宗様は奥羽の大半を自らの支配下に置かれたのである。


そんな力漲る政宗様が詠んだ歌が、さきほどの「七種《くさ》を一葉によせてつむ根芹」だ。七種とは蘆名に勝利して、彼が手にいれた仙道七郡を指しているのだろう。政宗様は城を米沢から、会津若松の黒川城に移したばかり。黒川城といえば、蘆名が所領していた城。そこで開かれた連歌会で、彼は自らの勝利に酔いしれたのである。

歌を詠み終えた直後の政宗様の「したり顔」を私は一生忘れることはないと思う。普段何があっても微笑みを絶やさない政道《まさみち》様も「わぁ凄いですね」と、苦笑していたほどだ。

ちなみに政道様とは、政宗様の弟・竺丸様の元服後の名前である。義姫様の愛情を一身に受けて、まっすぐ育った彼には政宗様のような鋭さはない。和らげで華やか、たとえるならば桃の花のような柔らかな雰囲気が漂っていた。普段は少しでもナヨナヨとした男を見ると「女々しい野郎だ」と散々好き勝手に小馬鹿にする癖に、政道様に対してだけは「あいつはあれでいいのだ」と寛容であった。

普通ならば、母親を取られた嫉妬心から不仲になってもいいのだろうが、政宗様は違った。

顔を合わせても交わす言葉は少ないが、政道様を好いているのは確かである。

おそらく、どう弟に接し合えばよいのか分からないのだ。それはふたりが親しくするのを義姫様が嫌ったせいだ。幼い頃からふたりがともに過ごす時間はごく僅かで、彼らの間には妙な溝があるのである。

もし、もっと同じ時間をともにしていれば政宗様のよき理解者になってくれただろうと、私は思わずにはいられない。だがそんな私の考えを政宗様は鼻で笑った。

「もしかしたらきたかもしれない……そんな取返せぬ世界の話に興味はない」

彼は煙管を咥えると紫煙を私に吹きかけて言葉を続けた。

「俺が興味あるのは、これからくる未来の世界の話だけだ。分かったか、片こ」

今の言葉からも分かる通り、政宗様は私のことをいまだに「片こ」と呼び続けている。そして、あいかわらず我儘で問題を起こしてばかり。

この前も茶会の最中に「着物の合わせ方が野暮ったい」と、家来を部屋の外に蹴り落としていた。最近、政宗様は茶道に凝っており、家来を無理やり茶につき合わせているのだ。無理やり茶会につき合わされたうえに蹴り飛ばされるとは、家来も散々である。

だが家来たちの若き当主への不満は、この数年でグッと数を減らしてきていた。二十四という若さで南奥羽統一を成し遂げようとしている政宗様の才気を認めたのだろう。現に伊達家の領地は、輝宗様の時代の三倍近くに広がっている。私は身をもって感じていた。政宗様の時代がきたのだと。

＊

政宗様が私の前に現れたのは、そんなことを考えていた晩のことだった。

「片こ、おい、片こ」

襖の向こうから声が聞こえ、私は布団から飛び起きた。

うつらうつらと現実と夢の境をいったりきたりしていたところだったが、彼の姿に一気に目が覚めてしまった。

そりゃビックリもするだろう。

政宗様が現れたのは、私の住む屋敷。しかも寝所だったのだから。

「政宗様、そんなところで何を」

「……入っていいか？」

私の問いには答えず、彼は遠慮がちに言葉を発する。最近の政宗様には見られない気づかいだ。戸惑いを覚えながら立ちあがる。

襖を開け放つと、月明かりが部屋を照らしだした。外は私の大好きな満月である。その美しさに圧倒されたのか普段輝きを放っている星たちは身を潜めているようだった。眩しくて目を細めている私をひんやりとした空気が包み込んでいくが、それは冬のものと違い、どこか柔らかい。政宗様越しに見える桜は蕾が膨らみ始め、枝先が色づいている。会津若松の地にも春が訪れようとしているのだ。

「何だ、小十郎《こじゅうろう》もいるのか」

寝所に足を踏みいれた政宗様は、私がさきほどまで眠っていた布団に目を向けた。

そこでは私の息子である与左衛門《よざえもん》がスヤスヤと寝息を立てている。

阿武隈川での戦いの時、蔦の腹の中にいた子だ。あの頃は自分が本当に人の親になれるのかどうかと不安ばかりだったが、喜多姉《きたねえ》の助けもあり見よう見真似で父親の役割を果たしている。ようやく父親という身分に体が馴染んできたところだ。

「また大きくなったな、小十郎」

そう言って政宗様は眠る与左衛門の頭を撫でた。

なぜか政宗様は、息子のことを小十郎と呼ぶ。与左衛門という名が気に入らないらしく、「こいつのことは小十郎と呼ぶ」と勝手に宣言されたのだ。

小十郎という名をいずれは継がせたいと思っていたが、今、片倉小十郎はこの私である。普段片こと呼ばれていることも相まって、なんだか複雑な気持ちである。

「よだれで池ができそうだな」

大量のよだれを布団に垂らして眠る息子の頬をつまみながら政宗様は微笑んだ。ほんの少しだけ声色も和らでいる。いまだ子のいない政宗様は与左衛門のことを我が子のようにかわいがってくれていた。愛嬌と人懐っこさだけは一人前の与左衛門は、政宗様にすっかり懐き、隙あらばその懐に潜り込もうとする。何か粗相をしないか、毎回私は冷や汗ばかりかかされている。

「怖い夢を見たと言って、布団に潜り込んできたのですよ」

腹をだして眠る息子に布団をかけ直してから、私は尋ねた。

「それで、どうされたのですか？　こんな夜更けに」

政宗様の顔から笑みが引き、唇《くちびる》がきっと結ばれる。

「あの好色ザルのことだよ」

「やはりそうでございましたか」

政宗様の左目は苦悩に染まっている。

政宗様が言う「好色ザル」とは、関白豊臣秀吉《とよとみひでよし》のことである。戦場にまで側室を連れ込む程の無類の女好きである秀吉を、政宗様はさげすんでこう呼んだ。

「考えても考えても、答えが見えてこなくてな」

政宗様は困り果てたように深く息を吐く。

彼は今、秀吉の命令に従うかどうかを悩んでいるのだ。

政宗様が南奥羽の覇者となったちょうどその頃、秀吉は北陸・紀伊・四国・中国の大名を制圧して天下統一を成し遂げる仕上げに入っていた。

秀吉の勢力に圧倒され、大名たちが臣従の礼をとっていく中、いまだ孤高を持しているのが政宗様と、相模国の北条氏である。

秀吉の命とは小田原城に籠城する北条《ほうじょう》を討つ戦に参加しろというものだった。

政宗様はその命令にひと月以上背き続けている。

秀吉の命に背くのは、これが初めてではない。

会津若松攻めをとがめられて、何度も上洛するように求められていたのである。秀吉は政宗様の会津若松攻めは「惣無事令《そうぶじれい》」に反していると訴えていた。

「惣無事令」とは、領土紛争などの私闘を禁じるというものである。つまりは秀吉の許可なく戦をすることは許さないということだ。

薩摩の強豪・島津をひれ伏させ九州討伐を果たした頃から秀吉は各大名たちに「惣無事令」をだし始めていた。昔、織田信長《おだのぶなが》がどこぞやの大名に命じた法令の真似ごとらしい。

秀吉は政宗様自身が上洛して、直接弁明すべきだと何度も文を寄こした。着々と勢力を増していく政宗様にトドメをさそうとしているのだ。これに従うということは、政宗様が秀吉の家来になるということを意味している。

いまだに秀吉に屈せず独立独歩の道をいく政宗様に、そんなことができるはずがない。そんなことをすればせっかく制圧した奥羽の大名たちが、秀吉の名を借りて再び牙をむきかねないからだ。

「まったく、あの「深爪狸《ふかづめだぬき》」も調子のいい奴だよな」

沈黙に耐えられなくなったのか、政宗様は独り言のようにぼやいた。

ちなみにあの「深爪狸」とは、徳川家康《とくがわいえやす》のことである。

家康の歪な親指の爪を見て「あいつ絶対爪を食ってるぞ」と、政宗様が勝手に騒いでいるのだ。当然現場を目撃した訳ではないので真相は闇の中である。

政宗様が家康の名をだしたのは、彼が簡単に秀吉に寝返ったからだ。実は家康・北条と、政宗様は「打倒秀吉」を企み、密かに「東国同盟」を組んでいたのである。

政宗様の領地である南奥羽全域。北条の伊豆・相模・武蔵全域と上野・下野・下総《しもうさ》・上総《かずさ》の一部。家康の三河《みかわ》・遠江《とおとうみ》・駿河《するが》・甲斐の全域と信濃国の南部を合わせれば、秀吉も敵ではない。

ところが家康は秀吉の威力に圧倒されたのか、簡単に手のひらを翻して大坂に出仕し、好色ザルの家来になってしまったのだ。

そして北条と政宗様に「平和的解決をすべきだ」と、秀吉に屈するよう促しているのである。政宗様の言葉を借りれば「図体がでかい割には、いくじのないオッサン」である。

それを機に同盟は白紙に戻ってしまった。「では私の好きにさせてもらおう」と、北条は暴走を始めてしまった。

かねてから領土争いを続けていた真田《さなだ》家との争いを再燃させたのである。北条は真田領だった沼田城と名胡桃城を襲撃して、領土を奪取してしまったのだ

惣無事令を破った北条に秀吉は大激怒。討伐の名目を手にいれた秀吉はすぐさま大名たちに命をだして、北条攻めに動きだしたのである。奇しくもその先陣を切るのは家康であった。

その動きに焦った北条は、真っ向から秀吉と闘うことだけは避けたいと踏んだのだろう。早々に小田原城に閉じこもり、籠城作戦を始めたのである。

小田原城といえば、かつて上杉謙信《うえすぎけんしん》や武田信玄《たけだしんげん》からの襲撃にも耐えた強固な城だ。だが北条勢は正規兵が三万四千人。戦に不慣れな農兵を含めて総勢が十万程だ。

一方、秀吉は本隊が十二万、総勢二二万四千人。総大将には前田利家《まえだとしいえ》・上杉景勝《うえすぎかげかつ》と名だたる武将が名を連ねている。

他の大名たちが抱える兵を合わせれば、秀吉の背後には百万近くの兵が控えているのだ。北条の敗北は目に見えていた。今ごろになって北条は政宗様に助けを求めたが、暴走した馬に好きこのんで乗りたがる者がどこにいよう。政宗様は援軍を送ることを拒んだのだった。

今まで秀吉に対しての出方を保留にしていた政宗様だったが、とうとう答えをださなければいけない時期にきてしまったのだ。秀吉からしてみれば、これは「最後の通知」なのだろう。これを拒めば武力は辞さない、次に秀吉に討伐されるのは政宗様ということだ。こんな

状況なので家臣の意見もまっぷたつ。

「今からでも小田原に向かうべきだ」

「いや今更もう遅い。秀吉の攻撃に備えるべきだ」

どちらの意見も秀吉の出方次第で結末がガラリと変わってしまうことなので、一向に意見がまとまる気配はなく、不穏な空気ばかりが増していっているのだった。


「おまえは、好色ザルに従うべきだと言っていたな？」

政宗様に問われて、コクリと頷く。

私は声高らかに「小田原に向かうべき」と主張を続けてきたのだ。家臣との協議の場で、珍しく自分の主張を続けていることに興味を持たれたようである。政宗様は間を開けずに、再び私に尋ねた。

「その真意、聞かせてはくれまいか？」

政宗様の問いに、私はすぐに答えられなかった。

どう伝えるべきか、言葉を迷っているのである。今の政宗様では秀吉にはかなわないということを。誤解がないように言っておくが、決して政宗様の才気を軽んじている訳ではない。政宗様と秀吉を比べた時、どちらが天下人の器を兼ね備えているかと言われれば、家臣の贔屓目なしに私は政宗様を選ぶだろう。だが、政宗様は生まれてくる時代を間違えた。あと二十年、いや十年早く生まれていれば秀吉に充分張り合うことができていたはずだ。だが政宗様では完全に熟しきった秀吉には太刀打ちできない。全ては生まれた時代の問題なのだ。

だが今言ったようなことを、そのまま政宗様に伝えれば「きたかもしれない世界の話など聞いておらん」とか「俺が秀吉にかなわないかどうか実際試してみようじゃないか」などと、彼の闘志に火をつけかねない。

「何を黙り込んでいる、早く話さんか」

政宗様に話を急かされながら、私は必死に頭を捻った。どうすれば政宗様を小田原に向かわせることができるだろうか。

「片こ！」

悩みに悩んでいる時、飛び込んできたのは与左衛門の姿であった。

「……おや、なんでしょう」

そう言って私は手を伸ばし、パチンと叩いた。唖然とする政宗様の前で何度も何度も私は空を叩く。政宗様の左目が鋭さを増し、どんどん苛立っているのが手にとるように分かった。

「おい、何をしている」

「おかしいですね、こんな季節なのに小蝿が」

「戯け、蝿などおらぬではないか」

政宗様の言う通り、この部屋には虫一匹飛んではいない。それでも私は見えぬ蝿を叩き続けた。

「やめないか！」

業に煮やした政宗様が私の右手を捻りあげる。力いっぱい捻られて思わず声をあげそうになったが、グッと堪える。眠っている息子に情けない姿は見せられない。

「さっきから何をふざけておる、真意を申せ！」

殺気立つ政宗様に、私はなるべく平静を装いながら言った。

「退治しても退治しても、次から次へと無限に湧いてでる。蝿というのは本当に小賢しい生き物でございます」

ようやく意図に気づいたのか、政宗様は力を緩め、捻りあげていた私の右手を解放した。

「蝿とは、秀吉の大軍のことか？」

私は問いには答えずに喩え話を続けた。

「いつまでも蝿にたかられるよりは、いっそ蝿がたかっている臭いのもとに向かっていくべきでしょう」

「……そうか」

政宗様は短く返事をすると、そのまま寝所の外へとでていった。襖が閉められて再び部屋に暗闇が返ってくる。捻られた右手を抑えながら私はゴロンと布団に横になった。自分の考えは伝えたつもりである。あとは政宗様が選ぶだけ。私はそれに従うのみだ。この騒ぎの中でも、全く目を覚まさなかった与左衛門の頭を撫でる。

「おまえの悪夢に救われたようだな」

与左衛門が巨大な蝿に襲われる夢を見なければ、あの喩え話は浮かばなかったかもしれない。明日褒美として何か菓子を買ってやることにしよう。

その翌朝、政宗様は小田原行きを決断された。

あとは戦で名誉挽回するのみ。のはずだったのだが、政宗様を見守る神は底意地が悪い。誰もが予想もしなかった悲劇が政宗様を待ち構えていたのである。

＊

「よう、片こ」

檻越しに対面した政宗様は痩せられて頬が細くなり、器量のよさが際立っていた。三日振りの再会である。傅役として仕えるようになり十五年、考えてみればこれほど長い時間、政宗様のそばを離れたのは初めてであった。政宗様が閉じ込められた檻には不釣り合いなほど、分厚く柔らかそうな布団と黒塗りの膳が置かれている。その不釣り合いさが余計不気味さを際立てているようだ。

あの寝所での会話からひと月あまり。

政宗様は今、秀吉の命により箱根山中の底倉に閉じ込められ尋問を受けているのである。

「きちんと食事はとられているのですか」

「ここの飯はまずくてかなわん」

「そうですか」とうつむく私に、政宗様が檄を飛ばす。

「何をしょぼくれておる！」

それでもなお、私は政宗様と視線を交わすことができなかった。

「まさかおまえ責任を感じているのか？」

私は政宗様の問いに答えられなかった。あまりにも図星な問いかけだったからである。

＊

それは小田原行きを決めた政宗様が、出陣を翌日に控えた夜であった。

遅参の詫びを秀吉に伝えるように家康に頼み、兵の準備を終え、後は明日に備えて眠るだけ。そんな時、政宗様は母である義姫様に呼ばれ、黒川城の西館を訪ねることになったのである。輝宗様亡き後、義姫様は部屋にこもるようになっていた。久方振りに母親と顔を合わせるとあって、政宗様は緊張で顔をこわばらせており、眼帯も着物もいつになく質素なものを身についていたのを覚えている。

「よくきてくれた、政宗」

義姫様は自ら政宗様を出迎え、屋敷の奥へと私たちを案内してくれた。すっかり白髪頭になってしまった喜多姉のものとは違い、義姫様の長髪には白髪一本生えておらず、初めて出会った時と変わらず艶やかである。幼い頃の記憶が甦ったのだろう。政宗様は懐かしそうにその波打つ黒髪を眺めていた。

座敷には、すでに宴の支度が整っており、その端に政道様がチョコンと座られていた。

「兄上、お久しぶりにございます」

「おお政道まできておったか」

照れ臭そうに政宗様は政道様の横に腰を下ろした。

「いよいよ明日出陣なさるのですね」

「あぁ」

すぐに言葉に詰まってしまう政宗様の姿に、政道様は待ってましたと言わんばかりに傍らから何かを取りだした。

「おぉ」と、政宗様が感嘆の声を漏らす。

政道様が取りだされたのは、実に見事な茶碗であった。

口が大きく開き、穏やかな曲線を描きながら底に向かい、それをずしりとした高台が支えている。口縁部分から濃い藍色が塗られ、底に向かうにつれて釉薬が重ねられ、黄や黒へと色が変化していき、底につく頃には灰を被ったような釉の趣きに変わっている。大変細工がこまかく、それでいて力強い茶碗であった。

「最近、茶道に凝ってらっしゃるとお聞きしまして」

兄の反応に、少し得意気になりながら政道様は言葉を続けた。

「千利休様に茶器を卸したこともある職人に作らせました」

「なんと！」

利休の名を聞いて、政宗様の瞳が煌々と輝いた。利休と言えば「茶聖」とも謳われる、茶の名人である。

「実は前から一度、兄上の茶会に伺ってみたかったのです」

「そうだったのか、では小田原から帰ったら即刻茶会を開くことにしよう」

「本当ですか！」

政道様が微笑むと、周囲の空気が桃の花が開いたかのような明るく鮮やかなものへと変わっていった。

「ではその時は、是非母上も一緒に」

突然、話を振られて一瞬戸惑ったようだったが、義姫様は「えぇ」と静かに頷いた。

「楽しみにしておりますよ、政宗」

「大した茶会ではないですが、それでよければ」

必死に平静を装ってはいるが、政宗様の唇は喜びで緩んでいた。仲睦まじそうな親子の様子を見て、亡き輝宗様もきっと喜んでくださっていることだろう。胸がジィンと熱くなるのを感じながら、私は座敷の外へとさがることにした。久しぶりの親子団欒を邪魔してはならぬと思ったのである。去っていく私に、政道様は微笑みながら声をかけた。

「庭に咲く山吹が見事でございますよ、笛を吹かれるのに丁度よいかと」

政道様の心づかいに感謝しながらも、私は内心複雑であった。

その口調から、彼が西館に頻繁に出いりしていることが明らかになったからである。この年になっても義姫様の寵愛を独り占めしているのは、政道様ということか。そんなことを考えていると、私の脳裏に屋敷で待つ与左衛門と蔦の顔が思い浮かんだ。私にとっても今宵が会津若松で過ごす最後の晩である。与左衛門が起きているうちに戻れたらいいなぁと、淡い期待を抱いていた私だったが、その期待はすぐに打ち砕かれることになる。

「兄上、兄上‼」

突如、政道様の悲鳴が西館に響き渡ったのである。

しかも彼は政宗様の名を呼び続けているではないか。私はすぐさまきた廊下を戻り、許しを得ることも忘れて勢いに任せて襖を開けた。

「政宗様！」

そこには腹を押さえて畳でもがき苦しむ政宗様の姿があった。

「いかがなされたのです⁉」

猛烈な痛みに襲われているのだろう。脂汗をかいた政宗様の体は恐ろしいほど冷たく、視点が定まっていない。その横で政道様が涙を浮かべて情けないほどにアタフタと部屋を歩き回っている。

「椀を啜った後、突然兄上が苦しみだして」

その瞬間、政道様の体がのけぞった。そのままドシンと尻もちをついて倒れたかと思うと、額を抑えてうめき声をあげている。その額の横にはさきほど、政宗様に送られた茶碗が転がっていた。政宗様が弟にめがけて茶碗を放ったのである。

「貴様か、毒を盛ったのは⁉」

息絶え絶えになりながら、政宗様は弟を睨みつけた。

「毒、まさか⁉」

額を抑えながら政道様は首をブンブンと横に振る。ふたりのやりとりを見て、ようやく政宗様の椀に毒が盛られたことに気づいた私は、咄嗟に義姫様を見やり、息をのんだ。彼女の頬に一筋の涙が伝っていたのである。

「何と恐ろしいことを」

当主の母君であることも忘れて、私は唸っていた。

「何とでも罵倒するがよい、これもお家のためじゃ」

自らが毒を仕組んだことを隠すつもりがないらしく、義姫様は涙をハラハラと流している。

「すぐにでも秀吉に屈しなければ伊達家に未来はない。だが、自分の力に酔いしれている政宗にはそれができますまい……今の伊達家に必要なのは、政道のような当主なのじゃ」

義姫様につかみかかりたい衝動を抑え、怒りを押し殺すと私は政宗様を抱きかかえた。早く解毒しなければ政宗様の命が危ぶまれる。だが一刻も早く薬師《くすし》を呼ばなければと焦る私を、政宗様が「待て」と制した。彼は息を整えると母親にゆっくりと尋ねた。

「何を、された、のです？」

「え？」

「伯父上に、何を、吹き込まれたの、ですか？」

ビクリと反応する義姫様を眺めながら、腹痛を堪える政宗様は言葉を短く区切りながら念押しするように言った。

「そのいれ知恵を、したのは、伯父上、ですね」

政宗様の伯父とは、つまり最上義光殿のことである。伊達家とともに倒れすることを恐れた伯父が母親を唆したと、政宗様は踏んだのである。

「母上が、求める、当主とは秀吉、にも最上にも、従順な、者で、すか」

義姫様は堰を切ったように身を崩し、泣き叫んだ。家を守ろうとするあまりに策におぼれた母親を、政宗様は憐れみの瞳で眺め続けていた。

「さぁ、いきましょう。政宗様」

薬師のもとへと走ろうとする私を「まだじゃ！」と、政宗様は一喝すると今度は政道様をギロリと睨みつけた。

「貴様、母上の企みを知っていたのか？」

「政道は何も知りませせぬ」と叫んだのは泣きじゃくる義姫様であった。だが政道様は黙っている。

「答えよ、政道！」

政道様はゆっくりと姿勢をただし、私たちの前に坐した。

「何も知らなかった、といえば嘘になります」

「どう、いうことだ？」

「私と兄上を会わせようとした時点で、母上が何かを企んでいるのだと感じておりました。だがまさか毒を盛ろうとは」

一連の政道様の態度を見れば、彼が何も知らなかったことは一目瞭然だった。政宗様もそれに気づいておられるはずだが、彼は黙って弟の話に耳を傾けている。

「昔からずっと疑問でございました。なぜ母上が私を猫かわいがりするのか、それは決して兄上の右目のせいだけではないはずと。今宵でその謎が全て解けた気がします」

政道様が語ることを、政宗様も私もずっと疑問に思いながら生きてきた。政宗様は、ようやく口を開き「我が右目でないというならば何なのだ」と、弟に尋ねた。政道様は、兄ではなく泣き崩れる義姫様に向かい言葉を放つ。

「母上は今宵のような時に備えて、自らに従順になるように私を、お育てになったのですね」

義姫様は狂人のように泣き崩れるだけだったが、その姿だけで答えは充分だった。政道様は唇を噛みしめて、必死に涙に耐えながら無理やりに微笑んでみせる。

「兄上、私の首をお撥ねください」

全く予期していなかった政道様の言葉に、私は思わず「何をおっしゃっているのです⁉」と叫んだ。こんな状態でも桃の花のような空気を放ちながら、政道様は言う。

「いくら兄上とはいえ、実の母を殺めることはできないでしょう。さきほども申しました通り、母上の企みを見逃した私も同罪でございます」

「同罪な訳がありません！」

「いいんですよ、小十郎。元々どうも私には戦の世が合いません。きっと生まれてくる時代を間違えたのでしょう」

兄弟そろって生まれてくる時代を間違えたとでもいうのか。

政道様は達観したように笑ってはいるが、言葉とは裏腹に体が小刻みに震えている。死ぬのが怖くない人間などいないのだ。

「何も命を捨てることはない」

何度訴えても、政道様は考えを変えてはくれなかった。

「お願いです、兄上。もう俗世にいるのにつかれ果てました」

「……わ、かった」

政宗様はそう言って頷くと、ガクリと意識を失った。

「逃げられよ」

薬師のもとへと走る前に、私は義姫様と政道様に短く告げたが、ふたりはピクリともその場を動こうとしなかった。


毒を盛られて一度は生死の境をさまよった政宗様だが、薬師の処置のおかげで一命を取り留めることができた。だが回復するまでに十日もの時間を要することになってしまったのである。大幅に予定より出発が遅れたまま、政宗様は小田原へと向かいだしたのだった。

暗殺未遂事件に見舞われ、敵兵に邪魔されながら、やっとの思いで政宗様が小田原に到着されたのは六月五日であった。そしてさきほども言ったように大遅刻、大失態に怒った秀吉は政宗様に会うこともないまま、彼を底倉に閉じ込めたのである。

＊

その後、義姫様と政道様がどうなったのか、私は知らない。

政宗様が家臣に指示をだして処罰させたらしいのだが、なぜか私にはことの詳細を教えてくれないのである。理由は私と彼らの接点が深すぎるかららしいが、除けものにされたような気がして非常に後味が悪い。何度かしつこく尋ねたところ、ぽそりと政宗様は「政道の願いを叶えたまでだ」と吐き捨てた。他の家臣の噂によると、義姫様は最上家のもとにかくまわれることになり、政道様は人知れぬ間に処刑されたのだという。政道様のことを思うと、いまだに胸が詰まるが、そうしなければ他の家臣に示しがつかなかったのも事実だろう。いずれにせよ、政宗様は父、母、そして弟を失ってしまったのである。

＊

「……それで、私に用とは？」

檻越しに対面した政宗様に私は尋ねた。三日間も私を遠ざけていながら急に呼びだしたのには、何か意味があるに違いないのである。

「おまえに頼みがあるのだ」

頼み、という言葉に私は肝が冷えるのを感じた。同じように頼みごとをされて、幼き政宗様の右目を切り落としたことを思い出したのである。

「頼みとは？」

覚悟を決めて私は聞き返すと政宗様は弱々しく微笑んだ。その顔は梵天丸様と呼ばれていた頃の幼き姿を彷彿とさせる。もしや切腹の介錯をしろとでもいうのではないだろうな。返事を待つ時間がとてつもなく長く感じられる。緊張のあまり、私がゴクリと生唾を飲み込んだ時である。

「茶会に着ていく着物を用意してくれ」

「茶会？」

素っ頓狂な政宗様の答えに、私も素っ頓狂な声をだす。

「秀吉様に頼んでみたのだ、千利休から茶の指導を受けたいとな」

「なぜそのようなことを」

「どうせ死ぬのだ、駄目もとで言ってみようと思ってな」

私は口をつぐんだまま黙っていた。平然と死という言葉を口にする政宗様に苛立っていたのである。

「おまえなら、決まった訳ではないなどと戯言を言うと思ったのだが」

「生きることを諦めたお方に何を言っても無駄でございます」

政宗様は面白そうに喉を鳴らし、静かに笑った。

「怒っているな、片こ」

「えぇ」

「頼み、聞いてくれるな」

「えぇ」

最低限の返事を返して、私は立ちあがった。

「すぐに支度してまいります」

*

家臣たちに命じて、底倉を走りまわらせたおかげで支度はすぐに整った。着つけをするという侍女たちをさがらせて、私は自ら着物を持って政宗様のもとへ向かった。檻からだされ、綺麗に髭と髷を整えた政宗様は小さな一間で私を待ち構えていた。

「随分と早かったな」

「これ以上、秀吉様をお待たせさせる訳にはいきませんので」

「言ってくれるじゃないか」

普段の政宗様なら容赦なく私を切りつけているだろうが、彼は心もとなげに苦笑するだけであった。

「で、どんな着物を持ってきたのだ？」

興味津々の政宗様の前に、私は静かに着物を広げた。見た瞬間「これは」と、政宗様が言葉を詰まらせる。

「これは、白装束ではないか」

私が家臣に用意させたのは、死者が身にまとう全身白一色の着物であった。本心を胸にしまい、私は頭をさげた。

「武士らしく死を持って失態を償われるというならば、これ以上の着物はございません」

「そうか」

政宗様は私が蝿の喩えをした時のように短く返事をすると、スッと立ちあがった。そして羽織っていた着物を脱ぎ捨てると両腕を真横に伸ばしてから言った。

「始めよう。おまえが着せてくれるのだろう」

私は再度頭をさげてから、政宗様の体に白装束を通していった。体中に残る傷跡、鍛えられてはいるが昔の病の名残りなのか細く青白い体を眺めながら、私は過去の思い出を振り返っていた。

政宗様に仕えて十五年。これが最後の奉仕になるかもしれない。黙ったまま腰ひもを結ばれる政宗様は硬く拳を握りしめ、体を硬直させていた。気を抜くと体が震えてしまうのだろ

う。何か声をかけたかったが、今の私にできることはこれくらいだ。

「御苦労であった」

着つけが終わり、政宗様は短くそう述べた。その言葉がともに過ごした十五年にかかっている気がして、胸が押しつぶされそうになる。黙ったままの私を鼻で笑ってから、政宗様は言った。

「さぁ、好色ザルのもとへまいろうか」

*

秀吉が政宗様を呼びつけたのは、小田原城が見下ろせる陣所普請場であった。こんな場所に茶室があるはずもない。どうやら千利休との茶会の望みは叶わないようである。だが陣所にやってきた瞬間、政宗様と私の頭から茶会のことなど吹っ飛んでしまっていた。そこから見える景色に圧倒されていたのである。そこから見えるのは、今にも小田原城を飲み込もうとする秀吉の大軍であった。蟻地獄に落ちた蟻のごとく、もがき苦しみながら息絶えていくであろう北条の末路を易々想像できるほどに、その力の差は圧倒的であった。

「ここで待て」

政宗様は私に指示すると、身ひとつで秀吉に近づいていく。政宗様のゆく末を見届けようと、私は目を見開き、ふたりの様子を見守った。

「どうしたのぉ？　その格好？」

政宗様を出迎えた秀吉の膝上には若い女がちょこんと座っていた。禿げあがった頭の上に、小さく髷が結われているおかげで武士だと分かるが、デレデレと女の尻を木の枝で叩く秀吉の姿は春画に描かれる好色男そのものだ。まさに好色ザルという渾名がピッタリな風貌である。

「すまないねぇ～。利休は風邪をひいて寝込んじゃってるみたいでさぁ～」

「いえ、お心づかい感謝致します」

そう言うと政宗様は、自害用の小刀を真横に置き、その場に三つ指をついてみせた。

「この秀吉に、命預けちゃうんだぁ？」

「仰せの通りでございます」

政宗様が言葉を発すると同時だった。膝に乗せていた女を突き飛ばし、秀吉が政宗様に駆け寄ったのだ。その足取りは軽い。瞬く間に政宗様の真横にきた秀吉は、思い切り彼の首に何かを振り落とした。鈍い音が陣所に響く。まさかこの場で打ち首とは。その場に崩れそうになる膝に力を込めて、再度政宗様を見やる。そこにはいまだ首が繋がったままの政宗様の姿があった。よく見ると政宗様の首に叩きつけられたのは、さきほど女の尻を叩いていた木の棒ではないか。

「ぐぅ」と、政宗様の喉が鳴った。緊張という氷が解けたように、とがった顎に汗が伝い、ぽたんぽたんと地面に落ちていった。政宗様の様子を面白そうに眺めていた秀吉が豪快な笑い声をあげる。

「小田原が落ちちゃってたら、危なかったよぉ？」

秀吉はピチピチと枝で政宗様のうなじを叩く。

「でもまぁいい退屈しのぎになったし、なぁ家康殿ぉ？」

家康の名前を聞き、私も政宗様も顔をあげた。そこには居心地悪そうに坐する深爪狸の姿がある。秀吉は家康に目をやりながら続ける。

「どうせ私のもとにくるなら、貴方《そなた》のようにもっと早くくればよかったのにねぇ」

「殿も、お人が悪い」

家康はヘラヘラと笑って見せたが、その瞳は屈辱で濡れている。家康の不気味な表情に全身が粟立っていく。そんな深爪狸の表情に気づいているのかいないのか、秀吉は家康から目を逸らした。そして政宗様から木の枝を退けながら「で？」と、問いかけたのである。

「で、とは？」

思わず問い返す政宗様に、じれったそうに秀吉様は眉をひそめる。

「どっちなのぉ？　その白装束を思いついたのはぁ」

「え？」

「だから、おまえなの、それとも、そこにいるおまえの右目なのかぁい？」

急に秀吉と視線が交わり、私は後ろにのけぞった。この状況で自分に話の矛先が向くとは思ってもいなかったのである。

「やっぱり右目の方か」

私の反応を読み取ったのだろう。秀吉は木の枝を私の鼻先に向けた。少しでも私が身を動かせば木の枝に触れてしまう、すれすれの位置まで伸ばされて木の枝は止まっている。

「奇をてらった行いをすれば、私の興味を引くと思ったかなぁ？」

「いえ、そんな」

口ごもる私に、秀吉はジトリと湿った視線を送り続けている。そんなふたりのやり取りを政宗様は驚いた顔を眺めながら、ボソリとつぶやいた。

「蝿の時と、同じか」

政宗様が察した通りである。

蝿の喩え話と同様に「秀吉に命乞いをするべきだ」という本心を白装束に包み、政宗様に差しだしたのである。吉とでるか凶とでるかの賭けだったが、うまくいったようである。

「うん気にいったぁ」

秀吉はニマリと笑い、私の腹を木の枝で突いた。

「北条を落した後、おぬしに三春城をくれてやろうかぁ」

「は?」

「南奥羽の地はもう私の物も同然さ。どうだ、うれしい?」

突然の申しいれに私は思考がついていかず固まっていた。驚いたことに秀吉は私を一国の主にしようとしているのである。

「御冗談を」

「こんなつまらない冗談をつく訳なかろう、なぁいいだろう政宗ぇ?」

政宗様の顔をチヤリと見やる。彼はうつむいたままピクリとも動こうとしなかった。肯定も否定もしないまま固まっているのだ。

「ありがたきお言葉ではございますが」

私は秀吉の顔色を窺いながら、必死に言葉を選びながら言った。

「十五年前、政宗様に出会った日から、私は伊達家に生涯仕えると誓っております」

秀吉の家臣たちがざわめき、殺気立つ。

家臣のひとりでしかない私が秀吉に逆らったのだから当然だ。

秀吉は「へぇ」と目を丸くしてから「私の命がぁ聞けないというのかい?」と、私に顔を近づける。負けてなるものかと、必死に吠えた。

「自分の器は分かっております。私は生涯政宗様を支える器なのでございます」

何にも包み隠していない、裸のままの本心であった。

「……つまらん男ねぇ」

秀吉は、私の言葉に途端に興味をなくしたようであった。溜息をつき、政宗様に向かい、ため息を吐きかけた。

「だってさ、よかったな政宗ぇ」

すぐに私は政宗様の表情を探ろうとしたが、彼は顔を伏せてしまっており感情を読み取ることはできなかった。だが顔など見なくとも、政宗様が安堵してくださっていることを、手に取るように感じることができた。何せ私は十五年もおそばにお仕えする、政宗様の右目なのだから。


こうしてなんとか首の皮が繋がった政宗様と私は、小田原への遅参を許されて戦への参加を許されたのである。戦の結果は語るまでもないので、最後に余談となるが、小田原征伐を終えて帰路につく際に起こったできごとを話しておこう。

黒川城へと向かう道中、突然政宗様は武蔵国平山で足を止められた。

「どうされたのですか」

「喉が渇いた」

「喉ですか？」

予想外の答えに、私は戸惑った。

「さきほど、小川で休んだばかりではないですか」

そう指摘すると政宗様はとたんに機嫌を悪くした。

「うるさい。渇いたのは渇いたのだ」

そう怒鳴ってから
「ああ、喉が渇いてかなわん」

と、やたら芝居がかったように何度も訴えて、政宗様はズンズンと一直線に進んでいった。

「お待ちください」

私が止めても、もちろん政宗様は止まらない。

彼が進む先には、武蔵国平山の古寺、大悲願寺がある。

「この寺に何があるというのですか?」

「黙っておれ、片こ」

政宗様はそう言うとその場に立ち止まった。

慌てて後を追った私も前を見やった。そこには、ひとりの若僧が立っている。僧は政宗様と対峙したまま動こうとしない。

「約束通り、茶を飲ませてやる」

その言葉を聞き、若僧は桃の花のごとく微笑み、政宗様を出迎えたのだった。

第四章

鄙《ひな》の戦国大名

死罪を免れて豊臣秀吉の従臣となることを誓った政宗。
忠実な働きぶりから見事、豊臣政権の大名へと転身したようにみえたが、
その有能さ故に秀吉は彼を自分の手が届く上方へと囲い続けていた。
小田原攻めから八年の月日が流れた一五九八（慶長三）年。
幼かった小十郎の息子も少年へと成長を遂げていて――。

私が駆けつけた時、ふたりは木刀を突き合わせて立っていた。

政宗《まさむね》様が、また私の息子を挑発したに違いない。やれやれ……ちょっと目を離すと、すぐこれである。

「よぉ、片こ」

こちらに気づいた政宗様が声を弾ませる。まぶたが薄紅に色づき焦点が定まっていない。中段に構えた木刀も先っぽが微かに揺れている。

まだ日が高いというのに、もう酒がまわっているようだ。

つい最近も酔いすぎて小姓頭の蟻坂善兵衛《ありさかぜんべえ》仲久殿を「口のきき方が気に入らぬ」と刀の鞘で小突いたばかり。結局、翌朝酔いからさめて冷静になり「俺が悪かった」と謝罪の文をしたためたばかりだというのに。どうしてそこまで酒が好きなのか、さっぱり分からない。

「夏の深酒は体に毒ですよ」

「黙れ、酔ってなどおらぬわ」

溜息を洩らしながら私は彼らに近づいていく。

道場の板の間が、熱をもった足裏をひんやりと冷やしていった。手習い場から逃げだした重長を探して屋敷内を探し回ったのである。

十三になったというのに重長《しげなが》は幼い。

元服してもう随分経つが、いまだに与左衛門とついつい呼びたくなってしまう。昔からどうもこの子は落ち着きがなくひとつの場所にじっとしていられないのだ。

彼自身に興味がない事柄については特にである。論語や和歌の世界に触れるよりも剣術の稽古をしたがった。大体、政宗様の屋敷に道場なんてあるから面倒なのである。

兵五郎《ひょうごろう》様や五郎八《いろは》姫様が生まれたはしたが、政宗様にとって重長は息子同然の存在。やたらと重長に甘いのだ。

それにつけこんだ重長はことあるごとに政宗様の屋敷に潜りこみ、道場で汗を流すようになっていた。

帰ったら説教をしなければならないが、とにかく今は、政宗様が怪我をする前に息子を止めなければならない。

政宗様は越後上布の夏着を身にまとっているだけ。万が一怪我でもさせてしまったら大問題である。

だが一足遅かった。

私が口を開いたと同時に「てやっ」と叫びながら重長が右足を踏みだし、大きく正面に木刀を振りかざした。

その攻撃を政宗様は一歩後ろに退くことでアッサリと交わす。

「グッ」と悔しげな声を漏らす重長に、今度は政宗様が大きく後ろへ抜いた刀を重長めがけ撃ち込んだ。

「どわっ!?」

ブンッと音を立てて撃ち込まれた木刀は、怯む重長の顔面すれすれで止まった。息をするのを忘れていたのだろう。しばらく間を開けて、ハッハッハッと吐かれる息子の激しい息が道場に響く。

「ほれ次だ」

刀をおろした政宗様が、挑発するように再び中段に木刀を構え直した。

「政宗様、もうそれくらいに」と、私が言っているそばから重長は、上段に刀を構えて間髪いれずに政宗様に撃ち込んでいく。

ガツンと一度刃先が交わる。

互いを弾き合うように一旦距離をとると、じりじりと間合いを測るように重長は政宗様を睨みつけている。

警戒心や恐怖心を飲み込むように、ゴキュリと重長の喉が鳴った。次はどう政宗様を攻めるのか、必死に頭の中で組み立てているようである。

重長はゆっくりと剣先を下に回し、一瞬政宗様と視線を交わした。

そして次の瞬間、覚悟を決めたように、重長は前方の喉元めがけて刀を刺しあげる。

「どりゃああ‼」

だが、その刀は政宗様に届くことなかった。

「え？」

ふわりと宙を舞った重長は何が起こったか分からぬまま、どしんと板の間にひっくり返った。

チッと舌打ちをして、政宗様がこちらを睨む。

「余計なことをするでない、片こ」

「余計なこと？」

私にはサッパリ分からない。

主を守るために、息子の足を払って尻もちをつかせたことのどこか余計なことなのだろうか。

＊

「ひどいですよ、父上」

井戸の前で褌一丁になった重長が恨めしそうな声をあげる。

「あともうちょっとだったのに」

ブツブツと不貞腐れながら桶の水で彼は体の汗を流した。

その豪快な浴びっぷりに周囲に水が飛び散り、私の袴に染み込んだ。息子は父の足元が濡れたことも気にせず新たな水を汲みあげていく。

釣瓶を引く度に筋肉が盛りあがる腕からは日頃の鍛錬が窺える。

日に焼けた若い肌は瞬く間に水滴を弾き飛ばしていった。最近はグッと声も低くなり、喉仏もでてきている。

いつの間に、こんなに大きくなったのか。随分立派になってと、ついしみじみしそうになってしまう。

まぁ、それも体つきだけをみればの話だ。

いつまでも頬を膨らまして悔しさで涙を滲ませている重長の顔は、赤子の時と何も変わってない。

「邪魔されなければ、御屋形様から一本取れたのに」

「思いあがるな、小十郎《こじゅうろう》」

軒先で煙管を吹かしながら、政宗様は鼻を鳴らす。

さきほど程度の訓練では汗などかかぬとでも言うように、平然とした顔で彼は胡坐の上に頬杖を突き、ニタリと白い歯をのぞかせた。

「貴様の突きなど目を瞑ってでもかわせるわ」

「そういう話ではありません」

漂う紫煙を払いながら、うんざりと私は頭を抱える。

「主君の喉を突こうする行為そのものが問題なのです」

「もちろんきちんと寸前で止めるつもりでしたよ」

たっぷりと水の入った桶を井戸の縁を置くと、重長は心外だというように声を荒げた。

「父上は、オレが御屋形様に怪我をさせるとお思いで⁉」

「あぁそうだ」

私は桶を奪うと、息子の頭上に井戸水をぶちまけた。

ペタリと額にへばりついた髪を剥がすと、重長は身ぶるいをして犬のように水をあたりに飛ばした。

袴だけでなく全身に水染みが広がっていったが、私は構わず言葉を続ける。

「そもそもお仕えする当主に剣術の稽古を頼むこと自体が間違っておるのだ」

「父上は頭が固すぎます」

顔を拭いながら、ボソリとつぶやいた重長に「なんだと！」と思わず声が鋭くなる。

「御屋形様がよいとおっしゃってるんだからいいじゃないですか」

「その口のきき方はなんだ⁉」

「だって本当のことですし！」

むくれ面で言い張る重長が助けを求めるようにチラリと政宗様を横目で見やる。

政宗様は親子喧嘩を肴にニヤニヤと侍女に用意させた酒を呷《あお》っていた。完全に私と重長のやりとりを楽しんでいるようである。

「呑み過ぎですよ」

これ以上言い合いを続けていても仕方ないと、私は片口を政宗様から取りあげた。

「なんだ、新しいのを持ってきてくれるのか」

政宗様の言葉通り、片口は既に空になっている。

少し呑む速度が早すぎだ。

これでは日が暮れぬ間に酔い潰れてしまうだろう。無類の酒好きの癖に、政宗様はたいして酒に強くないのだ。だが、もうやめておいた方がよいと言ったところで素直に従う相手ではない。

「しょうがないですね、次で最後ですよ」

「おう」

こうして段階を踏み、約束を取りつけていくことが政宗様と接するコツなのである。私と政宗様のやりとりをブスッとしたまま眺めている重長の髪からポタリポタリと滴が落ちた。

まだ暑い日が続いているとはいえ、吹き抜ける風は明らかに夏のものとは違っている。

「風邪ひくぞ」

それだけを息子に言い残し、私は台所へと歩きだす。

しばらく背後に耳を澄ませていたが、重長から返事が返ってくることはなかった。

*

やはり上方に呼び寄せぬ方がよかったのか。

侍女に酒を注がせた片口を持ちながら、私はひとり考えをめぐらせていた。

政宗様が秀吉に仕えるようになり数年。

秀吉は政宗様が生まれ育った地で勢力を伸ばすのを恐れてのことだろう。朝鮮出兵の例外を除けば、彼はほとんどの時間を京都の伏見で過ごしていた。

政宗様と行動をともにする私も、当然上方での暮らしを余儀なくされている。いままでは家族を奥州に残して単身上洛していたのだが、私は三年ほど前から、妻と息子をこちらに呼び寄せたのだ。

そして重長が反抗的な態度を示すようになったのも、ちょうどその頃からなのである。

彼は私の行い全てが気に入らないらしい。とげとげしい空気を身にまとい、いちいち私に食ってかかってくるのだ。

この年齢特有の反発心なのだろうが、幼くして父を亡くした私にはその気持ちがよく分からない。怒鳴りつけて黙らせることはできるだろうが、それも何か間違っている気がしている。

こんな時、喜多姉がいてくれたらどんなによいだろうと思う。

だが彼女は家族に見守られながら、昨年その生涯を閉じた。

姉孝行ができたかは分からないが、息を引き取る直前までその手を握ることができたのはよかったと心から思っている。小田原攻めの後、虎哉禅師も修行の旅へとでてしまい私は相談相手を次々と失ってしまったのである。

きっと、これが年を重ねるということだろう。頭では分かっているのだが、言いようのない寂しさに時折襲われる。

下の世代のよき模範となりたいと常々思ってはいるが、時には誰かに寄りかかりたくなるのだ。

ただ我武者羅に政宗様に仕えてきたが、気がつけば私も輝宗様が亡くなった年齢に達している。

輝宗様のような男になれているかと聞かれれば、残念ながら首を縦に振ることはできない。彼のような父親になりたかったのに現実と理想の距離は遠い。

＊

「おお、これはすごい！」

重長の楽しげな声が耳に届き、私は思わず歩みをとめた。

それは政宗様の書斎から聞こえてくる。

障子の隙間からこっそり中を覗くと、楽しげに笑う息子の姿があった。その横にいる政宗様は土瓶に口をつけてグビリグビリと喉を動かしている。どうやら書斎に隠していた酒があったようだ。まったく、これではいくらこちらが気を使っても酒量は減りそうにない。

「実に面白い品ですね！　御屋形様」

水浴びを終えてスッキリしたのか、重長はいつになくよい面構えをしていた。大好きな政宗様とふたりきりの時間を過ごせていることがうれしくてたまらないのかもしれない。重長は幼い頃から政宗様に懐き、憧れている。

そのふたりの関係性を、大人げなく羨ましく思ってしまう自分に苦笑してしまう。息子の笑い声が途切れてしまうのが嫌で、どうしても障子に手をかける気になれず、私は彼らの会話に耳を傾けることにした。


「これが鉛の筆ですか」

重長は、政宗様が持つ筆を興味深そうに眺めていた。

「あぁ深爪狸に船来品を自慢されてな……真似して作らせた」

酒を呑み、いつになく饒舌になっている政宗様はすらすらと紙に文字を書き連ねる。

それは新し物好きの政宗様が国の木工職人に無理を言い作らせた模倣品である。人の物を欲しがるなどまるで子どものようだとあきれつつも、その好奇心にはいつも感服する。

何度も何度も試行錯誤を繰り返し完成した一品だ。

黒鉛の粉末を練りあげたものを筆の穂先のような形に整え、ササでできた軸木にニカワで接着している。軸の後部は檜で細工がされており、実竹をくり抜いて作られた蓋までこだわり抜いて作られていた。

私も一度書かせてもらったことがあるが、いまいち字に力が入らず、普通の筆の方がいいと思ってしまった。

紙に記されていくか細い文字に重長は「おぉ」と感嘆の声を漏らして瞳を輝かせる。私の息子だというのに、重長は派手で目新しいものが好きだ。誰の影響かと言われれば間違いなく、得意顔で鉛の筆を動かしているその男であろう。

「墨汁が無くても、文字がかけるのですね」

「書いてみるか？」

「いいのですか？」

破顔した重長は鉛の筆を受け取ると、何を書こうかしばらく考えたのちに、ぎこちない手で紙に何かを記し始めた。

「なんだそのゴチャゴチャした絵は？」

絵？

その絵が見たくて必死に障子の間から目を凝らしたが、ここからはその内容までは確認できない。

「これは、いつかオレが使う旗指物です」

その言葉に、ぎゅっと胸の奥をつかまれたように痛んだ。

「旗指物？　それならば片倉家のものがあるではないか」

「あれは……喜多おば様が父上に作ったものです」

重長が言う通り、私が戦場に掲げる旗指物は喜多姉が作ったものだ。

たしかにその旗自体には長い歴史がある訳でもない。

なにせ私は両親亡き後、米沢成島八幡の神宮のもとで育てられた身。武士としてはまだまだ半人前なのだ。

しかし旗に大きく描かれた黒釣鐘には片倉家の名が世に轟く願いが込められている。それを息子に簡単に拒まれて、酷く心が乱れていた。

ますます書斎に入りにくくなり、阿呆のようにその場に突っ立っていることしか、今の私にはできない。

床の間に飾られた桔梗の花を手で弄びながら、政宗様は再度尋ねた。

「そんなに嫌か、黒釣鐘の旗は？」

「だって、もっと華やかな模様の方が戦場で目立てると思いませんか」

重長の言葉にガックリと肩の力が抜けてしまう。

つまり彼は私の旗指物が野暮ったいと訴えているのである。

「……オレ、御屋形様のようになりたいんです」

政宗様は口元を緩ませて、喉を鳴らした。

「俺のような派手好きにか？」

「そうです。身なりだけでなく生き方も御屋形様のように派手に生きたいんです」

ふたりのやりとりを聞き、私は朝鮮へと向かう道中が甦ってきていた。それは政宗様も同じだったのだろう。彼は重長に思い出話を始めだしたのだ。

＊

あれは七年ほど前のことだろうか。

秀吉に朝鮮出兵を命じられた政宗様は一旦奥州へと戻り、戦への支度を整えた。彼に振り分けられた兵の数は五百人あまり。しかし政宗様は「それでは足りない」と、国中から兵をかき集めたのである。

最初、私は張り切る政宗様に戸惑いを覚えていた。

この戦に意味を見いだせずいたのである。天下を手に入れた老害・秀吉の征服欲を満たすために、莫大な戦費と兵たちの命をかける必要があるのだろうか。命じられたからにはそれを拒むことはできないが、ここまで懸命になる理由が分からなかったのだ。

「仕えるからには好色ザルのために忠義を示さんとな」

政宗様はそうおっしゃっていたが、恐らくは他の戦国大名から蔑視されるのを恐れたのだろう。

鄙《ひな》の戦国大名などと囁《ささ》かれ、愛する奥州の地を汚されたくなかったのだ。

秀吉に米沢を取りあげられ、与えられた岩出山城にもロクに帰れない日々が続いていたが、政宗様の故郷を愛する気持ちはひと時たりとも薄れていなかったのである。どうすれば愛する故郷を、伊達家の名を汚さず民に轟かせることができるのか政宗様は常に考えていた。

全ての用意が終わった時、政宗様のもとに集まった兵は三千人を超えていた。他の武将たちを圧倒する軍勢である。だが彼の企みはそれだけでは終わらなかった。

「艶やかな着物は、心まで鮮やかにするものだ」

政宗様は長旅の不安で心沈んでしまう兵たちを活気づけるため、そして周囲を圧倒するために足軽たちの黒塗りの具足に派手な装飾を施したのである。

あの時の光景を、私は一生忘れることはないだろう。

出兵前に京の町へと入った伊達軍は、民の視線をくぎづけにした。

北陸の雄・前田利家《まえだとしいえ》、伊達家との同盟を翻し、今では豊臣家臣の中で最大の領地を任されるようになった深爪狸こと、徳川家康《とくがわいえやす》など名だたる武将が集う中、民を沸かし喝采を浴びたのは我々なのである。

「惚れぼれするねぇ」と、人々は伊達の軍勢を見てため息をもらした。

足軽の具足には金箔で星が描かれ、揃いの鞘は朱と銀色で鮮やかに彩られている。兜替わりの陣笠は金色で、三尺もあり、先が鬼の角のように尖っていた。

侍たちは美しい毛色の鎧を身につけて、日の光を浴びてガラス細工のように輝く。

着飾っているのは人間だけではない。

侍たちが乗る馬には虎や熊の毛皮で作られた馬鎧をつけられ、伊達家の家紋が描かれた旗の後ろには紺色地に金箔の日の丸が描かれたのぼりが三十も続いている。

そしてその兵を率いる伊達政宗の堂々たる姿だ。

黒漆の鎧の上に金の刺繍がふんだんに施された袖なしの外衣を羽織り、外身も申し分なく目立っていたが、なにより政宗様の内面から滲みでる自信と勇ましさが彼を神々しく輝かせていたのである。その眩しさに私までも目がくらんでしまいそうだった。

政宗様の隣を馬で進む私は、平静を装ってはいたが内心は彼が誇らしくてたまらず、気が緩むと得意気に鼻を膨らませてしまいそうだったことを覚えている。

派手な装いを指す「伊達」と、伊達家の名前をかけて人々は政宗様に「よっ、伊達者」と声をかけた。瞬く間に京中の噂になり、人々の喝采を浴びながら、前線基地のある肥前に着く頃には、伊達政宗の名前は国中に轟いていったのだ。

「あなたが噂の大崎少将殿でございますか」

基地に着くなり、ひとりの男が政宗様に近づいてきた。大崎少将とは大名内での政宗様の呼び名である。

「なるほど、本当に惚れぼれといたしますねぇ」

年は政宗様と同じくらいだろうか。

おっとりとした口ぶりの小柄な男は、馴れ馴れしく、私の馬が着た虎の毛皮を撫でて微笑んでいる。

がっちりと太い首筋と着物の上からでも分かる盛りあがった筋肉が日頃の鍛錬を物語っていた。その身なりから、それなりの身分であることは明白である。私は政宗様の代わりに戸惑いながら尋ねた。

「失礼ですが、貴方様は」

「これはご無礼を」

小柄な男は気が抜けていた太い眉をキリリとつりあげてペコリと頭をさげた。

「信濃《しなの》領主真田昌幸《さなだまさゆき》の次男・真田信繁《のぶしげ》でございます」

真田家といえばあの武田信玄《たけだしんげん》に仕えた信濃の領主である。

「そうでございましたか」

やっと口を開いた政宗様に、信繁様は再び眉毛を八の字に垂らして愛嬌ある笑顔をみせた。

「少将殿の話は権大納言殿からよくお聞きしております」

権大納言とは、家康の官職である。

普通の戦国大名たちは、他の大名のことを任された領地と位で呼び、名前で呼ぶことはほぼないのである。

信繁様の話によれば彼は家康から命じられて、父・昌幸様と長男・昌久様とともに肥前名護屋の守りを任されているらしい。つまり家康の控えとして待機させられているのだ。

「そうか、深爪狸が俺のことを……」

「政宗様！」

肝を冷やした私は言葉を遮った。

今会ったばかりの相手に対して、家康を悪く言うなどとどうかしている。信繁様の人懐っこそうな雰囲気に呑まれて、つい素がでてしまっている。

万が一、その話が家康に漏れでもすれば一大事である。だが私の心配を余所に信繁様はプッと吹きだした大きな口を開けて笑った。

「なるほど権大納言殿が爪噛みならば、私は太眉地蔵と言ったところでしょうか」

この返しで、政宗様は一気に信繁様のことが気に入ってしまった。

政宗様は、自らの陣へと信繁様を招き入れ、そのまま自ら茶を振る舞ったのだった。

その後、茶の会は一年もの間、頻繁に続くこととなる。

なかなか出動命令がおりず、大名たちは長きに渡り、九州の地に足止めされたのである。いつ出動の命がおりるのか分からない重圧・繰り返される日々の倦怠感を誤魔化すように大名たちは宴や茶会に明け暮れた。

だが、その生活の中で政宗様がずっと危惧しておられたことが起きる。

鄙出身ということを蔑視する大名たちが現れたのである。

「遠国主」「田舎大名」と陰口を囁く大名たちは、民から支持をうけ注目を浴びた政宗様への妬みの気持ちもあったのだろう。

馬鹿にされることを嫌がり、自らの陣に引きこもった政宗様のもとに信繁様はこっそりと通い続けてくださったのだった。

信繁様は政宗様がたてた茶を啜り何度も「美味い」と言葉を漏らしていた。それにより政宗様の機嫌も幾分か晴れるようであり、そういう意味では私も信繁様に救われたのだった。

＊

「大名というのは、随分心の狭き者ばかりなのですね」

政宗様の話に耳を傾けていた重長が不愉快そうに鼻を鳴らした。

握った鉛の筆をコロコロと手のひらで転がしながら政宗様が受けた仕打ちに心から怒っているようであった。

一方の私は完全に中に入る機会を失い、廊下の柱にもたれかかりながら胡坐を組んでいた。政宗様が厠にでも立たない限り、書斎に入りこむのは難しそうである。昔の思い出をつらつらと喋り続けていた政宗様は我に返られたのか、ゴホンと咳払いをする。

「変な方向に話が逸れてしまったようだな」

「いえ、オレもっと信繁様の話、聞きたいです」

重長は、心優しき真田信繁に興味をそそられているようである。

しばらく考えたのち、政宗様は土瓶に口をつけ、酒で唇を塗らすと再び話を始めた。

「そういえば、信繁とよく話したことがある」

「それはどんな話ですか？」

「戦国の世で勝ち残る男の条件とは何か、だ」

政宗様は重長に値踏みするような視線を送りながら尋ねた。

「小十郎、貴様は何だと思う？」

重長は空を見あげて「ううん」と唸り声をあげた。

そして腹でも壊したかのように顔を歪めて、彼はしばらくの間考えに考えた末、こう言った。

「……強いことではないでしょうか？」

政宗様は面白そうに口を緩ませて「随分とザックリとした条件だな」と、重長の頬をつねった。

「イデッ」

情けない声をあげてつねられた部分をさすりながら「では、条件とはなんなのでございますか？」と、重長は政宗様を見やる。

「葛西大崎《かさいおおさき》の一揆のことは知っておるな？」

これまた随分と懐かしい話をだしてきたものだ。葛西大崎一揆といえば、朝鮮出兵より更に二年も前の出来事である。

「ええ、なんとなくは」

曖昧に答えた重長の口調から、彼がその出来事を何も知らないことは明白であった。当時重長はまだ幼かったのだから仕方ないといえば仕方ないことなのだが、政宗様は呆れたようにため息をつく。

「馬鹿な武将の下になど誰も従いたがらないぞ」

ピシャリと言われ、羞恥に染まった重長の顔は耳まで赤くなっている。

政宗様、よくぞ言ってくださった。

そう一瞬だけ晴れた心は、息子を貶された悔しさと恥ずかしさですぐに沈んでいった。

親心というのは実に複雑である。

「そもそもあの一揆の原因はな、好色ザルの家臣が領民を怒らせたことだったのさ」

政宗様は煙管に再び火をつけてプカリと紫煙を吹かす。

重長は「はぁ」と頷きながらも、まだいまいち一揆の状況が分かっていないようであった。

もう少し丁寧に説明するならばこうである。

小田原攻めに参加しなかった葛西晴信《かさいはるのぶ》と大崎義隆《おおさきよしたか》は秀吉に責められて領地を没収された。領地に新たにやってきたのは木村吉清《きむらよしきよ》という秀吉の家臣である。

この木村という男は、なかなかの横暴な奴であった。最初から領民を「鄙《ひな》の人間」とさげすんでいたのである。

木村は急に広大な領地を与えられて、急きょ新たな家来を寄せ集めた。その家来たちの中には、中間や牢人なども多く、要は荒くれ者ばかりだったのである。そしてその家来たちも鄙の人間をさげすんでいたのだろう。すぐに食料の横領、人身の略奪が行われるようになった。

これに怒った領民たちは隠し持っていた刀を持ち立ちあがり、一揆をおこしたのである。一揆の勢いは凄まじく瞬く間に領地いっぱいに広がっていった。

「そんな中、一揆の首謀者が俺ではないかと噂が立った」

政宗様は煙管を咥えたまま、ゴロンと畳の上に寝転がった。

「もちろん俺は無罪潔白だが、好色ザルはそれを信じなかったのさ」

「それで、どうなったのです？」

ゴクリと喉を鳴らす重長は前のめりに話しに聞き入っている。

「すぐさま城に呼びだされて、好色ザルと面会することになった」

＊

政宗様が面会に訪れた時、秀吉は養子である辰之助に菓子を与えているところだった。

菓子を口いっぱいに頬張り「もっともっと」とねだる辰之助の頭を愛おしそうに秀吉は撫でると、袋ごと菓子を手渡し「福松丸たちと遊んでおいでぇ」と息子を部屋の外へと追いだした。

ちなみに辰之助とは、当時まだ幼かった小早川秀秋《こばやかわひであき》のことである。

あの時は、まだ秀吉が実の息子である秀頼を授かる前であった。秀吉の愛情を一身に受けて、辰之助がすっかり甘やかされて育っていた頃である。

これは完全な余談であるが、小早川は重長のことを「実に可愛らしい顔をしている」と大変に気に入っているようだ。会う度に、やたらと馴れ馴れしく息子に触ってくる。年も重長とあまり変わらず、さんざん甘やかされた挙句に秀吉に子が生まれたら追いだされるように養子にだされた経緯を考えると同情しないこともないのだが、どうも信用できない節があるのだ。


さて話をもとに戻そう。

秀吉は政宗様の顔を見るなり、禿げあがった頭を撫でながら言った。

「おまえが今更になって私に歯向かうとは思っておらんよぉ」

すぐに政宗様は深々と頭を下げた。

「そう言っていただけて光栄でございます」

だが秀吉は食い気味に「だ・け・ど・ねぇ」と、すぐに言葉を発する。

「こんなものがある者から届いてさぁ」

秀吉は顎をしゃくりあげて、背後に座っていた家臣に合図をだした。

それは秀吉の右腕として知られる石田三成《いしだみつなり》その人であった。

三成といえば小田原攻めで数々の功績を残し、その後、奥州領地分配を指揮した男である。秀吉に忠実すぎる故に「告げ口三成」などと周囲から揶揄されているという話も聞く。しかし三成を庇う訳ではないが、それが家臣という者ではないかと私は思っている。

「……かしこまりました」

三成はゆっくりと面長な顔をあげて、立ちあがった。

仏頂面であるが、もとの顔がこのような顔なのであろう。彼は丁寧な手つきで政宗様の前に何かを差しだした。

それは一通の文であった。

「三成、政宗に説明してやってくれ」

「……ここには何者かが一揆を扇動する旨が書かれております」

文を広げながら、三成は言葉を続ける。

「見ていただきたいのは、ここに押されている花押でございます」

三成が指さした部分には鶺鴒《せきれい》をかたどった花押が押されていた。

「たしか伊達様も鶺鴒の花押をお使いではございませんでしたか？」

たしかに、それは政宗様が使う花押と非常によく似ていた。

よくよく見てみれば文の上に流れる文字も彼のものにそっくりである。誰かが政宗様をハメようと偽の花押を作ったに違いなかった。

三成の隣にズシンと腰をおろした秀吉はグッと政宗様に顔を近づけて首をかしげた。

「これはどういうことかな、政宗ぇ」

＊

さきほど水浴びをしたばかりだというのに、重長の額にはジットリと汗がにじんでいた。すっかり話にのめりこんでいるようである。

「それで、政宗様はどうお答えになったのですか？」

政宗様は灰を落してから煙管を畳に放ると、ぐっと伸びをして頭の後ろに手を組んだ。

「そのまんま、答えてやったさ。たしかに私のものに似ておりますが、これは私が書いたものではございません」

「それで秀吉様は納得するのですか？」

「いいや全く」

政宗様は秀吉の声色を真似ながら再び口を開く。

「その言葉、信じたいんだけどねぇ証拠はあるのかぁい？　などと奴は尋ねてきやがった。そんなこと言われても証拠なんてあるはずがない。あの時は、さすがの俺も死を覚悟したもんだ」

「では、どうやって？」

「おまえの父上様が叫んだのさ……鶺鴒の目に穴は開いておりますかってな？」

「御父上が？」

重長は心底驚いたように声をあげた。

「あぁ、政宗様は用心のために花押の鶺鴒の眼孔を針で開けているのですってな」

「それは、本当なのですか？」

「まさか……真っ赤なデタラメだ」


そう、私はあの時政宗様を救いたい一心で口からデマカセを吐いたのである。

今思えば苦しい言い訳だったが秀吉は信じた。正確には「なんだか面白かったから、真意はどうであれ、とりあえず許してやろう」と思ったのであろう。

あの時の三成の顔は今でも忘れられない。

苦しい言い訳に疑問を感じていたのは確かであろうが、秀吉が許した手前、何も言うことができなかったのだろう。眉間に深いしわを刻み「もしおかしな動きをしたら、次こそは承知しない」とでも言うように、奴は私を睨んでいた。

「これが、さっき俺が言った条件だ」

政宗様はボリボリと腹をかきながら言葉を締めくくった。

彼はふわぁとアクビをして左目をこすり昼寝の態勢に入ろうとしている。

「いや待ってくださいよ、御屋形様！」

寝かしてなるものかと、重長は寝ころぶ男の体をゆする。

「今のが条件というのは、どういうことでしょうか？」

さっぱり意味が分からないというように首をかしげる重長に目をつぶったまま政宗様はため息をつく。

「本当におまえは馬鹿だな」

政宗様はゴロンと体を横にして、重長に背をむけてから吐きだすように言った。

「戦国の世を勝ち残る条件っていうのは、心から信頼できる家臣がいるということだ」

信頼できる、家臣。

思わぬ言葉が飛びだして、私は度肝を抜かれていた。まさかこんな言葉を政宗様から聞けるとは夢にも思っていなかったのである。

「それは、父上のことですか？」

重長の問いに答えることなく、政宗様は再びアクビをする。

「御屋形様は何をおっしゃりたいのですか」

「着飾り身なりを派手にすることはいくらでもできるがな、本当の意味での伊達者というのは、ここが伊達な男よ」

ぐるりと体を半転させて、政宗様は重長の胸元をドンと拳で叩いた。

「そういう意味ではおまえの御父上は呆れるくらい伊達者だろ？」

重長は口を噤んだまま、殴られた胸元を触っている。

「俺は寝る。片こがきたら「遅い、このうすのろイノコ」と伝えておけ」

そう言い終わらぬうちに、政宗様は高いびきをかいて眠ってしまった。相変わらず自由奔放なお方である。

ひとり残された重長は困り果てたように眼前の男をしばらく眺めていた。やがて手持ち無沙汰になったように鉛の筆を再びつかむと紙に何かを書き込み始める。

気がつけば日が傾き、そろそろ橙に色づき始める時間が近づいていた。

そろそろ私も動きださねば。

長いこと、柱にもたれかかっていたせいで、背中がギシギシと軋む。痛む体を叩きながら私は起きあがり、小さく咳払いをして、できるだけ平静を装い、ゆっくりと障子を開けた。

重長はワザとらしく顔をしかめて、私をたしなめた。

「随分遅かったじゃないですか、父上」

「あぁすまない、ちょっとな」

私の登場に重長はほっと安堵しているようである。鉛の筆を置いて、すぐこちらに近づいてくる。

「政宗様は、眠ってしまわれました」

「そのようだな」

重長は何か言いたいことでもあるようにうつむき、やたらとモジモジとしている。政宗様の話を聞き、なにか私に尋ねたいことでもできたのだろうか。息子に心変わりがあったのかと期待しながら、私は何食わぬ顔で尋ねた。

「どうした、言いたいことがあるなら言いなさい」

重長は顔をあげて「どうして分かるのだ」と一瞬驚いた表情を浮かべる。私はそんな彼に微笑み黙って頷いてみせた。そして、重長はうれしそうに口を開いた。

「オレ、ちょっと厠にいってまいります」

そう言って、重長は駆け足で廊下を走り去っていった。

どうやら政宗様の話を聞きながら、小便を我慢していたようである。変な期待をしてしまった自分が急に恥ずかしくなり、はぁとため息をついた時だ。

「まったく今のやりとりはなんだ」

寝ていたはずの政宗様がムクリと起きあがり、私を睨みつけた。

「無言でヘラヘラ頷いて……父親らしい自分を演じているつもりか、このドアホ」

「政宗様、起きていらしたのですか⁉」

「起きてちゃ悪いか」

つまらなそうに顔をしかめて、政宗様は私が持っていた片口をふんだくると、そのまま酒で喉をうるおしだした。

「おまえがなかなか部屋に入ってこないから、酒がぬるくなってしまったではないか⁉」

「私が外にいることもご存じだったのですね」

「当たり前だろ、あれで隠れているつもりだったのか？」

政宗様は心底呆れたように「親子揃ってアホだな」とつぶやいた。反論したいが今回ばかりは返す言葉が見当たらない。

「では、さっきの話は？」

「感謝しろ、大分美化して話してやったぞ……あれで少しはあいつも片こを見直しただろう？」

全て芝居だったという訳か。

どっとつかれが押し寄せて、私はその場にうずくまった。まったく間に受けて感動してしまった自分が馬鹿みたいじゃないか。

と思いつつ、ジワジワと愉快さがこみあげてくる。考えてみれば、政宗様は素直に人を褒めるような男であるはずがないのだ。

「なに変な顔をしておる……嘘は話していないぞ。それにほら」

政宗様は机に置かれた紙を、私に放り投げた。

それはさきほど重長が鉛の筆で旗指物の絵柄を描きこんでいたものである。

「ちょっとはあいつにも話が響いたらしい」

私の前にペラリと落ちた紙を持ちあげてみると、そこには黒く塗りつぶされた塊が書かれている。

それはよく見ると片倉家の旗指物である黒釣鐘であった。

重長は、ただの暇つぶしに書き換えただけかもしれない。だが息子と少しだけ思いが通じあった気がして、私はたまらぬほど、それがうれしかった。

「厠から戻ってきたら、さっさと連れて帰れ。そしてちょっとは本を読ませろ。本当に馬鹿になるぞ」

得意気に政宗様は鉛の筆を指先でくるくると器用にまわしてみせた。

「そうさせていただきます」

たしかに今なら重長も素直に机に向かってくれるかもしれない。そう思っていた矢先、部屋の障子が開く。


だが、そこに立っていたのは重長ではなく黒頭巾の男であった。

政宗様が周辺大名の動きを探らせるために作った忍の集団、黒脛巾組《くろはばきぐみ》の一員であろう。黒頭巾の男は片膝を突き、政宗様に頭をさげた。

「御屋形様、失礼いたします」

「日が高いと、その服も悪目立ちするな」

政宗様の軽口を無視して、男は言葉を続ける。

「政宗様に至急お伝えしたいことがございまして」

「言ってみろ」

男は「ハッ」と短く返事をした後、まっすぐこちらを見やりながら言った。


「太閤殿下がお亡くなりになられました」

政宗様が表情ひとつ崩さず「そうか」とつぶやくと、男は足早にその場から姿を消した。政宗様は深く呼吸をすると、酔いで曙色に染まった目元をぬぐい、凛々しく眉を引き締めて、こちらを見やった。その瞳は激しく感情が入り乱れて、ぬらぬらと揺れている。

「また時代が動くぞ、片こ」

政宗様は、感情を必死で押さえるように短く、そう口にして瞑目する。

しばらくの沈黙の後、「ゴキン」何かが折れる鈍い音が書斎に響いた。

それは政宗様が力任せに鉛の筆の柄を折った音であった。

第五章

もうひとつの関ヶ原

一六〇〇（慶長五）年。豊臣秀吉の死後、世は再び乱世へと突入していた。
奥州の覇者として、かつては天下を目指した政宗であったが、
長い年月が彼を微妙に変化させていて——。

「いよいよですね、父上」

重長《しげなが》は興奮を抑えきれないように声を弾ませている。

全身から若さを放つ息子に圧倒されながら「あぁ」と、短く返事する。

目的地である白石城が近づくにつれて息子の鼻息は荒くなり、いつもより饒舌になっているようである。

さきほどからソワソワと天気の話や、昨日食べた飯の話など、どうでもいい話を繰り返し続けていた。

「いや、しかしいい風が吹きますね、この土地は」

新たな話題を見つけた重長は、心地よさそうに兵たちの隙間を縫うように駆け抜ける風に身を任せた。

だが、私からすればそれは生ぬるい熱風にしかすぎない。

一瞬の涼しさすらも与えてくれない、気休めにもならない役立たずの風である。だから「そう思いませんか、父上」と同意を求められても、私は適当にごまかすことしかできなかった。

まぁ重長が「とにかく、この地を褒めたい」と思う気持ちは分からなくはない。

眼前には夏の日差しを浴びる奥羽山脈と阿武隈高地が広がっている。私たちは伊達領である岩出山から、白石城へと向かっていた。

私たちは久しぶりに昔懐かしい生まれ故郷に足を踏みいれているのである。


政宗様が白装束で豊臣秀吉《とよとみひでよし》に謁見してから十年。

朝鮮出兵を除けば、私たちはほとんどの年月を上方で過ごしてきた。政宗様が勢力を伸ばすのを恐れた秀吉の判断である。

そんな秀吉が死に、陸奥の地から遠ざけられた私たちの帰国を許したのは家康であった。家康は政宗様に会津に城を構える上杉景勝を討たせようとしているのである。


今思い返すと、秀吉亡き後、天下を我が物にしようとする家康の動きは如実だった。

秀吉が死に際に、息子である秀頼を守るために、家臣に約束させた決まりごとを躊躇することなく次々と破っていったのである。

一番大きな違反といえば、大名家同士の婚姻であろう。

秀吉は大名同士が勝手に同盟を組むのを恐れて、婚姻を許可制にしていたが、家康はそれを守らず大名たちとの関係強化をはかり、次々と子どもたちを結婚させていったのである。

それを秀吉の右腕であった石田三成にとがめられると「そんな決まりがあったとは、知らなかった」と、家康はシラを切ったという。

気持ちとしては石田三成《いしだみつなり》の味方をしたいところだが、立場上、そうも言っていられない。なぜならば政宗様も長女・五六八《いろは》姫を、家康の六男である松平忠輝《まつだいらただてる》に嫁がせているからだ。政宗様も、この時代のうねりに乗って勢力をのばそうとしているのである。

秀吉に従えた十年は、政宗様にとって挫折と忍耐の日々であった。

伊達家が昔から領していた米沢までも取りあげられて、度々謀反を疑われ続けた。もともと徳川と伊達は、小田原攻め前に一度は同盟を組んだ仲だ。秀吉亡き後、政宗様が豊臣ではなく徳川との関係を強化しようとするのは、ごくごく自然なことである。

政宗様だけでなく、秀吉に苦汁を飲まされてきた大名は大勢いる。

やりかたはともかくとして、家康が味方を増やして勢力を拡大させていくのは容易《たやす》いことであった。

秀吉の死後、二年という間に大名たちを手懐けていった家康は、最後の仕上げとして天下取りの邪魔になる戦国大名たちを押さえつける作業に入っていた。

かつて秀吉が政宗様を小田原攻めに召喚しようとしたのと同じように、謀反の疑いをかけて上洛を迫り、それを拒んだ相手を次々と討伐しようとしているのだ。簡単に言ってしまえば、言いがかりをつけて喧嘩を振っかけてまわっているのである。

その最初の喧嘩相手に選ばれたのが、会津若松を治める上杉なのだ。

ということで、我々は上杉領である白石城を手始めに討ち取ろうと、戦に向かっているのである。


会津の地を興味深そうに見回しながら、重長は私に尋ねた。

「この土地は、もともと伊達の領地だったとか」

「あぁ」

重長はなおも問い続ける。

「御屋形様が蘆名を破って統治なさっていたんですよね」

「あぁ」

重長の問いに頷きながら、私は遠くにそびえる磐梯山を見やった。

家康から会津討伐の手助けを頼まれた政宗様は、すぐにそれに応じた。

父である輝宗様の弔い合戦に明け暮れていた政宗様からすれば、会津での戦はお手の物である。

だが勘違いしてほしくないのは、それは彼が家康への忠誠を誓ったからではないということだ。

参戦の決め手となったのは、家康が見返りとして旧領である二本松や田村郡を含む七カ所の領地を受け渡すと約束した覚書を送ってきたからである。

「生まれる時代を間違えた」と、昔から私が悔やんでいるように政宗様は、戦国大名の中では、まだまだ若輩もの。

その若輩者の要求を全て呑んだ覚書を、家康が送ってきたのだ。なんとしても政宗様を味方にしたかったのであろう。

それほどまでに政宗様は家康にとって脅威的存在になっているのである。

もし七カ所の領地が伊達家のものとなれば、政宗様は百万石を超える領地を手にいれることとなるのだ。

十年の時を経て、やっと政宗様に奥州の覇者として返り咲く時がやってきたのである。最初の白石城攻めは、上杉討伐の要だ。決して失敗の許されぬ戦なのである。

重長はグッと伸びをすると、ニッと白い歯を私に向けた。

「その土地で初陣を飾れるとは……なんだか運命のようなものを感じます」

私は相槌を打つのをやめて、手拭で額をふく。

重長が今言ったように、この戦いが彼の初陣となる。

戦いを前に興奮するのも無理はないのだが、自分の初陣を美化するような息子の言葉につき合う気にはなれなかったのだ。

これも全て阿呆みたいな暑さのせいである。

年を重ね、腹の肉が気になりだした頃から、私は夏を疎ましく思うようになっていた。夏という季節は、いつも「やっかないこと」を手土産に、私のもとへとやってくるからだ。

いやはや、にしても今日はいつにも増して暑くてかなわん。後ろに続く荒々しい男たちの息づかいが、ぬるまった夏の空気に混じり合い、体にベッタリとのしかかってきているようだ。熱が甲冑の中にこもり、目が眩み、たまらなく体が重たい。

戦前は、いつもそうなのである。

年を重ね、束ねる兵たちの数が増えてからは特に酷い。海底に碇を垂らしたまま船を漕ぎだそうとしているようだ。この重みは私が背負う兵たちの命そのものなのかもしれない。

その重みに、今回は実の息子である重長が加わるのである。

碇はいつもより地中深くにめり込んでいるようだ。碇がガリガリと海底を削り、体に堪えようとも、船を転覆させることなく前に進み先導をきる。それが私の役目である。

初陣でなくとも戦を前にして神経が高ぶらない者などいない。

私だってこんな時に余計なおしゃべりはしたくないのである。

口を噤んで会話を切りあげようとしたが、愚息は空気を読もうとしない。

「甲冑というものは、こんなにも熱がこもるのですね」

重長は落ちつきなく兜の紐を結んでは解いてを繰り返している。

「日々の鍛錬がなければ、たちまちへたってしまっていたでしょう。御父上と御屋形様に感謝しなくてはなりませんね」

黒鉄の兜にはまだ傷ひとつなく、つるりとしたその表面に太陽をうつしだしていた。

元服したとはいえ、彼はまだ十五歳。

幼さが残り、甲冑に着られている感は否めない。重長は形のいい鼻にプツプツと浮かんだ汗の粒を、手のひらでガサツに拭いあげて、唇を緩ませる。

「今は、この茹だるような暑ささえ心地がいいです」

そして彼は母親譲りの大きな瞳を爛々と輝かせて言った。

「この時を、オレはずっと待ち望んでおりました」

「口を慎め、重長」

浮かれっぱなしの息子をピシャリと諌める。

「戦が起こるということは、世が乱れるということなのだぞ？　それを待ち望むなどと、そう軽々しく口にするものではない」

「お言葉ですが、父上」

重長は曇りのない瞳を、私に向ける。

「武士たる者、戦で名をあげたいと思うのは当然ではないですか？」

「……口ばかり達者になりおって」

そう息子の言葉を誤魔化したが、胸の中では心底驚いていた。

自分の息子がすっかり武士となっていることにである。

私の武士としての人生は十九の時、政宗様と出会ってからはじまったもの。それまでは自分が神司として生きていくのだと思っていた。

二十年以上の時を経て、すっかりこの生き方に慣れてはいるものの、今でも自分の基準となっているのは、いかにして政宗様を支えるか。武士である己がどうあるかには、一度も重きをおいたことがないのだ。

そんな私の息子である重長は、当たり前のように武士としてどう生きるかを語っている。うれしいような寂しいような、何とも言えない複雑な気持ちが胸に充満していき、つい苦言を呈したくなってしまう。

「勘違いしてはならぬぞ、重長」

「分かっております」

「いいや分かっておらぬ。そもそもこの場におまえを連れてくること自体、私は反対だったのだ」

「もう諦めろ、片こ」

私の言葉を遮り、助け舟をだしたのは政宗様であった。

政宗様の瞳は暑さに負けることなく、重長と同じ輝きを放っている。

戦ごとに新調される彼の黒漆塗五枚胴具足の甲冑には、政宗様にしては控え目な金細工が施されている。同様の細工が眼帯にもなされていた。

派手好きで豪快な政宗様を真似てか、家臣たちが五枚胴具足を踏襲しているので、五枚胴の甲冑は仙台胴やらなんやらと呼ばれているらしい。

ただ単に機能に優れているからと言ってしまえばそれまでだが、私には、政宗様が皆に慕われている証である気がして、非常に感慨深いものを感じている。そんなことを思いながら政宗様に見惚れていると

「何をボーっとしておる！」

政宗様は呆れた様子で、私の肩をポンと叩いた。

「一度認めたことをグダグダ言うな」

「そうはそうですが」

「グダグダ言うなと言っている」

仕方なく黙るが、そもそも重長を戦場に連れてくることになったのは政宗様のせいなので

ある。

＊

元々私は重長に岩出山城の留守を任せようとしたのだ。

それだって十五の重長からしてみれば大役。大変な名誉なことである。

なのに重長は、それを拒んだ。

「オレも一緒に戦いとうございます」

重長は頑なだった。

剣術の腕もグンとあがり、自分の力を試したくて仕方ないのである。

私がいくら「まだ時期尚早だ」と訴えても自分の意見を曲げず、子どものように駄々をこね続けた。

しこたま私に叱られてもめげることなく、とうとう政宗様に直談判したのである。

もちろん私も息子の好き勝手にさせていた訳ではない。

事前に政宗様に事情を話し、直々にピシャリと喝をいれてもらう段取りを取った。

私から話を聞いた政宗様も「親に歯向かうなど十年早い」と、最初は腹を立てて、俺がガツンと言ってやると息巻いていたのである。

だが重長は、政宗様の扱いをすでに心得ていた。

開口一番、政宗様の前に三つ指をつき頭をさげて、こう言ったのである。

「オレが守りたいのは城ではなく、御屋形様でございます」

昔から我が子のようにかわいがってきた重長にあんなことを言われて喜ばないはずがない。

「そうかそうか」と、政宗様はいたく感動して、あっさり手のひらを返した。

挙句の果てには「好きなようにさせてやればいいではないか！」と、なぜか私が喝をいれられる羽目になったのである。

*

白石城は白石川右岸にある独立丘陵の上に居している。

丘の高さは四十間かそこらだろうが、城の周りをグルリと壁が取り囲んでいるせいもあり、城の全貌を窺うことはできない。

守りの厚いこの城を攻めるには、まず丘を登り、表御門か裏御門を破るしかないだろう。丘を登りながら、城を目前に捉えた時、突然政宗様は口を開いた。

「小十郎よ、俺からもこれだけは言っておく」

月の前立のついた兜を深々と被り直しながら、さらりと彼は言葉を続けた。

「俺はおまえに何も期待しておらん」

笑みを携えていた重長の顔が引きつる。

「それは、なぜですか」

「当たり前だろ、初陣のおまえに何を期待しろと言うのだ。右も左も分からぬ若造は、戦場をうろつき、目障りだと兵に一喝されるのがオチだろう」

重長は唇を噛みしめたまま、黙して政宗様の言葉を受け止めている。

さきほどまで味方であったはずの政宗様につき離されて、戸惑いを隠せないようだ。どうしていいか分からず、助け舟を求めるように、彼はこちらを見やってきたが、私は黙ってふたりの様子を眺めていた。

当主と家臣の会話に口をだすほど、私は野暮ではない。

「驕《おご》るな、小十郎」

重長はしばらく黙っていたが「はい」と言い、うなだれた。

「何だ、その態度は」

政宗様は重長の頬を思いきりつねりあげる。

頬がちぎれるのではないかと思うほど、その手には力がこもっており、重長は「イダダダ」

と悲鳴をあげた。目には涙が滲んでいる。

さすがに息子がかわいそうになり「もうそのくらいに」とたしなめるも、政宗様はなおも頬をつねり続けた。

楽しそうに笑い声をあげて「分かったか、小十郎」と何度も意地悪く尋ね、それに合わせて重長はブンブンと首を縦に振った。

「政宗様、もうご勘弁を」

「勘弁？　何がだ？」

「せっかくの初陣、おたふくのように顔が腫れていてはかわいそうです」

「何だ、やはり息子には甘いな、片こ」

悪童のような無邪気な笑みを浮かべながら、政宗様はやっと重長の頬から手を放す。そして両頬を押えて痛みが引くのを待つようにうずくまる重長に向かって言った。

「期待されたければ、十いや二十は戦に参加し、己の腕を磨くことだな」

「へ」

間抜けな声をだす重長が再び口を開く暇を与えずに、政宗様は声を張りあげる。

「さぁまもなく出陣だ、準備を怠るな！」

くるりと背を向けて去っていく政宗様の背中を呆然と眺めていた私だったが、すぐ我に返り後を追う。

「まだ何か用か、片こ」

追ってきた私を忌々しそうに見やる政宗様に、私はため息をぶつけた。

「政宗様は、本当に重長に甘いですね」

「何がだ」

「何度も戦に参加するというのは、要は生き延び続けろということですよね」

政宗様は黙っている。

「名をあげようと無茶をして、初陣で命を散らすなと、おっしゃってくださったのですね」

「アホ、んな訳あるか」

政宗様は思い切り顔をしかめていたが、私は構わず深々と頭をさげた。

「御心づかい、感謝致します」

「だから違うと言っておるだろうが、しつこい！」

怒鳴る政宗様の姿を見ていたら、さきほどまで鉛のように重たかった体が、ほんの少しだけ軽くなった気がした。

夏は「やっかいなこと」をつれてくるが、それを愉快なことに変えてくれるのは、いつも政宗様なのである。

きっとこの想いが重長にも伝わっているだろう。初陣を前に、あんな言葉を当主からかけてもらえるなんて、私の息子は幸せ者である。そんな風にしみじみと私が幸せを噛みしめている時である。

「うおおおお！」

叫び声とともに、私の横を突風が吹きぬけていった。

一瞬にして体が粟立ち、背筋が凍る。

それは、風に煽られて汗に湿った体が冷やされたからではない。

突風を作りだしたのが馬に跨った重長だったからである。

重長は瞬く間に丘を駆けあがると、馬を降りて、石壁に手をかけた。そして猿のように壁をよじ登り始めたのである。

予想外の行動に言葉がでてこない私は、ゆっくりと隣に視線を向けた。

そこには左目を見開いて固まっている政宗様の姿があった。

私の視線に気づき、ハッと我に返った政宗様は、私を責めるように一瞬睨みつけてから顔を歪めて「あのアホ」と唸った。

そして恐ろしく深いため息を吐いた後、覚悟を決めたように家臣たちに向かい吠える。

「小十郎に続け！」

出陣の合図を聞き、一斉に家臣たちが白石城へと馳せていく。

一刻も早く愚息のもとに向かおうと馬に跨《また》がろうとした時、こちらの動きに気づいたのか白石城もざわめき始めた。このままでは真っ先に標的になるのは重長である。

「急げ、片こ」

城へと駆けていく政宗様に名前を呼ばれ、慌てて馬に飛び乗った。何度も馬に鞭打ち、政宗様の横へ並ぶ。

「何を考えてるんだ、あのアホは！」

視線は白石城に向けたまま、我が殿はブツブツと毒づいている。

「親の私にも、さっぱり分かりません」

「親の心、子知らずとは正にこのことだな」

「ええ、本当に」

そう相槌を打ちながら、子どもだった政宗様と親心について語る、なんともいえないこそばゆさを感じていた。

そんなことを感じている余裕は全くないのだが、思ってしまったものは仕方ない。

兵たちに蹴りあげられて舞いあがった砂埃に包まれて、周囲の空気が薄茶に色づいていく。

やっとの思いで私は城壁にたどり着き、重長を探した。首を思いきり上にあげて目を凝らすと、重長は今にも石壁を登りきろうとしているところであった。

「重長！」

重長はクルリと顔をこちらに向けるとニッと白い歯を見せて「あぁ父上」と笑った。その顔が癪に障り、私は叫んだ。

「何をヘラヘラ笑っておる、さっさと降りてこい」

「降りる？　なんでですか？」

「さっきの話を聞いていなかったのか」

「聞いておりましたが？」

それが何か？　とでも言うように、キョトンとしている息子に苛立ちだけが溜まっていく。

「ならなぜ無茶をする⁉　期待されたければ、十か二十は戦に参加し、己の腕を磨くことだと政宗様はおっしゃっていただろう」

「だからですよ、父上！」

得意気な顔で、こちらを見下ろす重長に、今度は私がキョトンとする番である。

「何が、だからなのだ⁉」

「早く期待される武士となるために、オレは一度の戦で何戦分もの経験を積まねばならぬのです。多少の無茶は仕方ないでしょう？」

あぁ、なんという馬鹿息子なのだ。

政宗様の意図を全く汲み取っていない重長に愕然として、頭がくらくらしてくる。これは口が達者というより、ただのあげ足取りである。

「屁理屈も大概にしないか！」

「屁理屈もつき進めば正義！」

そう叫ぶと、重長は塀向こうへと飛び降りていった。

「待て、重長！」

すでに声は届かないと分かっていても、叫ばずにはいられなかった。ひとりで敵陣の中に飛び込むとは、どうかしている。必死に後を追おうと石壁に手をかけたが、壁の凹凸は思ったよりも少なく、すぐに足が滑ってしまう。とても頂上まで登れそうにない。それでも手足に力を込めて、私は踏ん張り続けた。

「壁にしがみつくその姿。猪というより豚だな」

声がする方を振り返ると、いつからそこにいたのか、政宗様が馬に跨ったまま冷やかに私の顔を眺めていた。

「その図体で石壁を登る気か。表御門はとっくに開いているぞ」

政宗様の言葉通り、私が重長に気を取られている間に優秀な兵たちによって門が破られていたようである。これならば重長が敵から集中攻撃を受けずに済むだろう。

安堵感に気が緩んだ瞬間である。ボロリと足元が崩れたのは。

「あ」と思った時には、ふわりと私の体は宙を舞っていた。勢いよく尻もちをつき倒れた私を、政宗様は私に手を差し伸べるでも心配するでもなくマジマジと眺めていた。

「おまえ太っただろ。なんだか甲冑がきつそうだぞ」

鼻で笑う政宗様を睨みつつ、私は甲冑についた土埃をはらった。

「こんな時に冗談はおやめください」

「それはこっちの台詞だ」

政宗様は、右足をのばして私の横腹を小突いた。

「この戦が俺にとってどれだけ大ごとか分かってるのか、おまえら親子は」

何も言葉を返すことができず黙っている私を、政宗様は蹴り続ける。甲冑を通じて感じられる衝撃が次第に大きなものへと変わっていく。

「おまえがそんなんだと士気が乱れるんだよ、兵も俺もっ！」

俺も、という言葉に合わせて、政宗様は止めの一発というように私を蹴りあげた。あまりの力にみしりと骨が軋む。甲冑がなければ、軋むだけでは済まなかっただろう。頼りにしているのだという想いを政宗様なりに伝えてくれたのだろうが脇腹が痛みすぎて、その感動に浸る余裕はない。

「反省する暇があるなら、馬に乗れ。そして息子を助けてやれ」

脇腹を押える私に言葉を吐きかけると、政宗様は白石城の中へと消えていった。

　これでは傅役失格だな。

　尻もちをつくことよりも子どもに言い負かされるよりも恥ずかしい姿を晒してしまった気がして、自分を戒めながら、私は政宗様の背中を追いかけた。

＊

　結果から話そう、白石城攻めに我々は勝利した。

　城は十日も経たぬうちに陥落。

　伊達の兵に大きな損害はない。城壁を飛び越えていった重長も運よく大きな怪我もなく無事に戦いを切り抜けた。申し分のない結果である。

　これはおまけの話だが、我武者羅に突進してくる重長の姿に白石城の兵たちは恐れをなしたらしい。十日間の戦いの間に「鬼の小十郎」という通り名までつけられたそうだ。

　何度も言うが、小十郎は片倉家の当主が継ぐ名前である。つまり小十郎は、まだ私の名前なのだ……という不満を脇に置けば初陣で異名が知れ渡った重長を褒めてやらなくてはならない。

　つまり全てがいい方に流れたと言っていいだろう。政宗様も私も、いや伊達家に仕える者全ての者が確信していたはずである。このまま家康とともに上杉を討てば、政宗様は百万石を超える戦国武将になれる。失った領土を回復し、伊達家が奥州の覇者になると。
だが私たちが勝利に酔いしている頃、会津に向かっていた家康のもとに予想外の知らせが届く。

石田三成が豊臣家を守るために挙兵して、家康討伐へと動きだしたのだ。

ここから政宗様が描いていた未来が音を立てて崩れていくことになる。
三成挙兵を聞いた家康は、連れてきたほぼ全ての兵とともに、踵を返し西上してしまう。この時、家康は下野国にある小山までたどり着いていた。小山と会津は目と鼻の先。もう少し知らせが入るのが遅ければ上杉攻めは決行されていたことだろう。だが家康は上杉よりも三成を討つことを選んだ。家康にとって秀吉の意思を受け継ぐ三成こそ、もっとも恐るべき相手だったのだろう。それによって会津討伐は寸前になって中止されたのである。ひとりで上杉と立ち向かう訳もいかず、政宗様は不完全燃焼のまま岩出山城に引きあげることになったのだった。

この状況を好機と考えたのは、討伐されるはずだった上杉景勝である。
家康の大軍も政宗も会津から遠のき、自分を邪魔するものは誰ひとりいない。この隙を狙って、最上義光が居する山形城を一気に攻めてしまおうと、上杉は考えたのだ。

上杉はやがて訪れる家康との戦いに向けて、勢力を拡大しようとしたのである。すぐさま上杉は忠臣である直江兼続を山形城へと向かわせた。直江の攻撃を受けた最上義光は焦り、すぐさま政宗様に助けを求める文を送ってきた。だが最上義光といえば、政宗の母である義姫の実兄。そして義姫を唆して政宗様に毒を盛った男である。

私は政宗様に「助けにいく必要はない」と断言した。最上を討つことに戦力を削《そ》がれて消耗した直江を討ち取るべきだと。そうすれば直江と最上両方を制圧することができ、奥州を実力で占拠できる。伊達家にとって一番都合のいい結果が訪れる。だが政宗様はそれを拒んだ。家康との信頼関係うんぬんとおっしゃっていたが、一番の心配は最上領にいる義姫様のことだったのだろう。黒脛巾組を駆使して上杉の内情を調べあげさせた政宗様は、最上のもとへと向かう。ここからが伊達家の腕の見せどころ……と思われた、その年の九月十五日。家康は関ヶ原での戦いを、たった一日で勝利へと導いたのだ。関ヶ原合戦が終わると上杉景勝は、あっさり敗北を認め、引きさがった。こうして政宗様の直江との戦いも終わりを告げたのだった。

＊

関ヶ原合戦から一年の時が流れ、再び政宗様は上洛していた。

伏見に屋敷を与えられ、一年の在任を命じられたのである。秀吉から家康に天下がうつろうとも、政宗様の処遇はたいして変化しなかったということである。

「久しぶりだのう、少将殿」

その屋敷に訪れた最初の客は家康であった。

見る度に膨れていく、でっぷりとした腹を着物で覆い坐する姿は大仏を彷彿とさせる。政宗様は自ら捥《も》いできた栗を家康に振る舞った。

「屋敷の裏に栗林がございまして」

蒸かした栗の実を見せ、侍女に殻を剥いてくるように政宗様が促そうとすると

「そのままでいい、栗くらい自分で剥ける」

家康はそう言って、不格好な親指の爪を栗へと突き刺した。

その爪をまじまじと見やりながら、その昔政宗様が家康を「深爪狸」と称していたことを思いだしていた。家康は器用に栗の殻を開き、実を取りだすとホフホフと肉厚な頬を動かし、それを頬張った。

「聞いたぞ、片倉。息子の活躍凄まじかったそうだな」

家康に話を振られて、私は静かに頭を横に振った。

「今回はたまたま運がよかっただけのこと。次はうまくいきませぬ。今は武術の鍛錬を積ま

せるために国に帰らせております」

「そんな謙遜して」と、家康はニマリと笑いながら親指を嘗めた。

「優秀な息子を持って、羨《うらや》ましいぞ」

そう言って再び栗を口に運び続ける家康に痺れを切らして、政宗様が口を開いた。

「それで、今日はどういった御用でしょうか」

「用？」

家康は栗を向く手を止めることなく言葉を続けた。

「用も何も顔を見にきただけだよ。なんだかんだで上杉討ちの後、顔を合わせることができなかったからね」

「はぁ」と、政宗様は気の抜けた返事をした。家康の真意を確認しようと、必死に耳を傾けているようだった。

「こっちもいろいろと大変でね。真田の後始末とかさ」

真田という言葉に政宗様がピクリと反応する。真田昌幸《さなだまさゆき》と信繁《のぶしげ》親子が上田城で籠城していたことを私たちが知ったのは、関ヶ原合戦が終わった後のことであった。

ことの流れはこうである。

西軍・三成側に味方をした真田昌幸と信繁を説得するため、家康の三男・秀忠《ひでただ》が上田城につかわされた。真田親子は降伏する振りをして上田城に籠城。秀忠に戦いを挑んだのである。

騙された挙句、親子の戦術にハマった秀忠は、結局上田城を落とすことができず、家康に上洛を命じられて撤退したのである。一度は勝利を収めた真田親子も、三成が敗北したことを受けて、最後は家康の手に落ちることとなったのである。さきほど、家康が放った「優秀な息子を持って羨ましい」という言葉は、この一件で自らの息子に失望しているという表れなのかもしれない。

「それで、真田親子の処罰は？」

「ああ、紀州の九度山に配流することにしたよ」

政宗様は家康の甘い対応に驚いているようだった。本来ならば親子揃って死罪は免れないところである。

「私も随分丸くなったよねえ」

政宗様の思考を読むように、家康はほくそ笑む。

「信之と直政にお願いされてしまってね」

真田家は関ヶ原を前にして分裂している。長男・信之《のぶゆき》は父と弟と別れて、家康に味方して関ヶ原を戦ったのだ。そして直政というのは、家康の側近である井伊直政《いいなおまさ》のことである。

「直政の奴、関ヶ原で負った傷のせいで床に伏せているというのに私に何度も文を寄こしてね。それにこたえてやらぬ訳にはいかんだろう」

「ですね」と浮かない返事をする政宗様を見やって、家康は言った。

「あぁ、もしかして上杉のことが気になってるの？」

図星のことを言われて、誤魔化しきれないと悟った政宗様は素直に頷いた。

「上杉の領土は出羽・米沢を残して全部没収したよ」

つまり降伏すれば本領は安堵されるという規則を家康は一応守ったということになる。だが百二十万石あった上杉の領地は約三十万石まで激減。かつて北信越の覇者であった上杉家が事実上、失脚したということだろう。

「それで、二本松や伊達はどうなるのですか」

「どうなるって、何がだい？」

家康に問い返されて、政宗様の顔は明らかに引きつっていた。彼が本当に知りたいのは真田親子の処罰でも上杉景勝の処罰でもなく、政宗様に与えられる報酬のことである。家康はいまだに政宗様と交わした「百万石」の約束を果たしていないのだ。政宗様はゴクリと喉をならしてから、ゆっくりと尋ねた。

「覚書の約束、お忘れになられましたか」

「覚書？」

家康は唇に親指を押しあてながら、首をかしげる。

「はて、何のことだったかな」

シラを切ろうとする家康に、なおも政宗様は食いさがった。

「家康様が私にお送りくださった、覚書のことでございます」

家康は面倒くさそうに唇をへの字に曲げたが、すぐにまた笑顔を作り直した。

「なぁ少将殿。その覚書について、ひとつ教えてくれないか」

肉厚な恵比寿顔の裏に、どんな企みを隠しているのか。その笑顔は実に不気味で、もののけか何かと対峙しているような恐ろしさがあった。

返事を忘れていた政宗様は息をのんだ後「なんでしょう」と尋ね返す。眼前のもののけは白々しく何度も首をかしげながら言った。

「その花押には、針の穴でも開いておったのかな?」

「は?」

「私が送ったという証拠だよ、何かあったのかね」

家康の言葉に、一気に屋敷内が殺気立つ。

政宗様の左目に怒りの炎が宿るのを、私は確かに見た。

政宗様の夢であるお家復権が目の前で崩れ去ったのだ。しかも家康は謀反の疑いをかけられた際の政宗様の行いを茶化したのだ。いつ政宗様が小刀を抜いてもおかしくない。周囲に悟られぬように静かに腰をあげ、いつでも間に飛びいれるよう姿勢を整える。

だが政宗様は動かなかった。それどころか左目を柔らかに細めて怒りの炎を消し去ったのである。

「そうでございましたか」

政宗様は栗をひょいとつまみあげると爪を押しあてる。

「では、こちらの思い違いなのでしょう。申し訳ございません」

申し訳ないと言いながらも対して悪びれた様子もなく栗を口に含む政宗様に、前に坐するもののけは「気にするな」と言葉を返す。

「それにしても栗というのは、おかしな果実でございますね」

政宗様は殻に包まれた栗を手の中で転がしながら、つぶやく。

「棘のついた衣と硬い渋茶の鎧まで被ってまで、何を守ろうというのでしょう」

「そりゃあ、己の血筋を守りたいんだろう」

家康の答えに「なるほど」と政宗様は頷く。

「つまり栗も人も同じということですね」

家康はぴくりと反応を示し、ギョロリと目を見開いたが、そのまま何も言わず爪の間に挟まった栗の渋皮をほじくり続けていた。

それから、もののけは目の前の獲物に興味を失くしたようで、ふたつほど栗を摘むと屋敷を去っていったのである。

＊

私は家康が去った後も、政宗様の屋敷に残っていた。

久しぶりに潮風の音色が聞きたいと頼まれたからである。演奏が終わったところで、私は話を切りだした。

「随分と大人になられましたね」

「俺が深爪狸に飛びかかるとでも思ったのか」

「まぁそういうことです」

政宗様は心外そうに、私を睨みつけると残されていた栗を私に投げつけた。

「久しぶりですね、あなたが私に食べ物を投げつけるのも」

政宗様は「戯《たわ》け」と毒づいてから、静かに声色を弱める。

「今俺が噛みついたところで、深爪狸の思うつぼだろう」

己を諭すようにゆっくりと彼は言葉を続けた。

「俺が望むのは、伊達家の安泰だけだ」

かつては天下を夢見た男の、言葉一語一語は重い。

秀吉に続き、家康に屈しなければならなかったのは、やはり生まれてくるのが遅すぎたのひと言に尽きるだろう。そんな当主の姿に私はさまざまな感情を押し殺してひと言「やはり大人になられました」と言うのが精一杯であった。

「そんなことより、さっきのは何だ？」

この話は終わりというように政宗様は私を再び睨んだ。

「さっきのとは？」

「おまえ、笛の腕が落ちたんじゃないか？」

痛いところをつかれて、私は「ハハハ」と苦笑することしかできなかった。

日々の慌ただしさにかまけて笛を吹く時間も少なくなっていたせいか、さきほどの演奏で二度三度と音色が乱れてしまったのである。

「とうとう指まで太ったんじゃないのか？」

そう言って、政宗様は私の腹の肉を突いた。

「深爪狸のようになったら、「豚こ」と呼んでやるからな」

「あれと一緒にしないでください」

太った太ったというが、私も今年で四十五。

年相応の肉づきになっただけである。政宗様は私が家康を「あれ」と呼んだのが面白かったのかケタケタと笑い声をあげた。

「いいや、あれと一緒だ。甲冑もきつそうだったしな」

「きつくありません！」

「では今度確認させてもらうとしよう」

「えぇ、そうしていただいて構いません」

「約束だぞ」

「覚書でも交わしましょうか？」

言葉を言い終わらぬうちにふたつ目の栗が私の額に命中していた。

政宗様と私は軽口を叩き合いながら、久しぶりに訪れた平穏な時間を楽しんでいた。そして政宗様にからかわれないように、少し体を絞っておくとするかな、などと、あの屋敷で私は思ったのだった。

だが、私が甲冑を着る機会は、二度と訪れなかったのである。

第六章
反故にされた約束

一六一四（慶長十九）年。関ヶ原合戦で勝利を収めた家康によって、
戦国の世は終焉を迎えようとしていた。
奥州の地に戻った政宗が新たな政略を進める中、
片倉小十郎の身に異変が起こり始めて——。

いやはや、時の流れと言うのは恐ろしい。

奥州での戦いが終わり、関ヶ原の合戦で家康《いえやす》が三成《みつなり》を破ってから十四年が経とうとしている。

信じられるか、十四年だぞ。

桃栗が四度は育ち、赤子が元服して婚姻を結んでいてもおかしくない、そんな年月である。

右目の垂れた肉を隠してメソメソと泣いていたあの政宗《まさむね》様も四十半ばを超え、すっかり貫禄がついた。

十五で初陣を飾った重長《しげなが》が来年に三十路となる。

そんなにも長い年月が経ってしまったなんて、正直実感は薄い。

人は己の老いを認めたくない生き物のようだ。

遠い昔に過ぎ去った若かりし頃の記憶は今でも鮮明に頭に甦り、若芽のようだった己の面影を忘れられない。

あの頃と今の自分が何も変わっていないと過信してしまい、多少老いたとしてもそれは紙一重の差しかなく、気の持ちようでどうにでもなるのだなどと本気で思ってしまうのだ。

その過信が脳裏をよぎる時、私は過ぎ去った年月をひとつひとつ振り返ることにしている。


この十四年で世の流れは大きく動いた。

家康が征夷大将軍となり、江戸幕府が誕生。

時代は徳川の世に移っていった。

関ヶ原合戦後、政宗様は岩出山《いわでやま》城に代わる新たな居城の取り立てを家康に求めた。

その地は睦奥と米沢の間に位置する仙台である。

百万石の約束が果たされることを想定し、領土の中心に位置する仙台を所望したのだ。

それに仙台は古くから奥州の政治と文化の中心の場として栄えてきた場所だ。海岸は近く東海道も遠くなく、広大な平野が広がっている。

領土の発展を考えた時、何もかも理想的な場所だったのである。

だが結局、家康は百万石の約束を守らなかった。

仙台への転封の約束だけが果たされ、政宗様は六十二万石の領地を得るに留まったのである。

本人はどう思っているかは分からないが、この仙台での十四年こそ政宗様が政宗様らしく過ごせた穏やかな時間だったのではないかと私は思っている。

そもそも政宗様は伊達家当主となった時から一貫して、この奥州に覇を唱えて自らの領土の安泰を常々願っていた。

秀吉《ひでよし》や家康のように天下取りばかりを狙う戦国大名だけではないということである。

「戦を重ね、領土を拡張する大名の時代は終わったのだ」

仙台に移ったばかりの政宗様は私にそう告げた。

「領土の永遠の繁栄、都に負けぬ国を作る……これからの大名の仕事はそれだ」

政宗様は領土の繁栄への願いを込めて「千代」と呼ばれていた土地の名を「仙台」と改めた。

「仙台」は異国の詩人・韓翃の「同題仙遊観《どうだいせんゆうかん》」という漢詩から採ったものである。

その詩は仙遊観と呼ばれる道教寺院の素晴らしさを、仙人が住む伝説の楼閣・五城十二楼にたとえて讃えたものだ。

仙人の住む桃源郷のように、永遠に国を繁栄させる。そんな願いを政宗様は仙台という名前に込めたのだ。

その名前に恥じぬように政宗様は国の繁栄に努めた。

まず彼は荒地の残る領内に、新田を開発するために動く。

葛西大崎《かさいおおさき》の一揆と十年にも及ぶ上方生活のせいで、施策もゆき届かず長年そのままにされていた土地が沢山残されていたのである。

政宗様は荒地を農民だけでなく、扶持米取りの位の低い家臣たちにも分け与えた。


「武士に田を耕せと命じるのですか」

曲がりなりにも侍である彼らの自尊心を傷つけかねないのではないか。

私は不安になり、政宗様に尋ねた。

「強制はしない、望む者だけでいい」

政宗様は「ただし」と言葉を切り、煙管に口をつけ紫煙を吐いた。

「荒地の再耕を希望する者には、その場所を知行として与えよう」

知行とは大名が家臣に与える土地のことだ。

つまりは農民から年貢を徴収できる土地が増え、私財が増えるということである。

「扶持米取りの武士だけでなく、希望する家臣たちにも分けてやる。その場合、通常の二倍の広さの知行を与えよう。荒地を開発する期間として五年の免役期間も設けてやる。どうだ、悪くない話だろ？」

戦国の世が終わりを告げようとしている今、与えられた領地が確定しつつあり、知行や扶持米を確保して家臣たちに支給することに政宗様だけでなく世の大名たちは頭を悩ませていた。

更に江戸城の普請で生じる課役も相次ぎ、参勤交代の費用を貯めなければならない。

その費用をどう捻出するか考えた末、政宗様は荒地に目をつけたのである。今まで数に入れていなかった荒れ果てた地を家臣に知行として渡し、扶持米取りの武士たちに知行を授ける。

こうすることで、政宗様は悩みの種を取り払い、藩の財政まで潤そうとした。まさにこれは一石二鳥の政策だったのである。

私に話した事柄を政宗様は自ら筆にしたため、家臣たちに送った。

その文は「意見がある者は是非教えてほしい」という言葉で締めくくられていた。政宗様にとっても、この取り組みは手探り状態。皆からの意見を取り入れようと必死だったのである。

政宗様の熱意は家臣たちに伝わったのだろう。

家臣たちは荒地の再耕に携わりたいと次々と手をあげたのだ。

それに合わせて行われたのは領内の河川の整備である。

政宗様の領地に流れる最大の河川・北上川はことあるごとに氾濫をおこし、民を苦しめていた。

いくら新田ができようとも絶えず氾濫されていては意味がない。

政宗様は北上川を改修し、それに合わせて河口の石巻を港として整備したのである。

北上川の改修が整う頃には、家臣たちに与えた荒地は新田として生まれ変わっていた。

政宗様は石巻の港から、その米を江戸へと輸送して売りさばく。

江戸が都となり、急激に人口が増加していくことを見越していたのだろう。

それを想定して、荒地を耕やさせたといっても過言ではない。

我が藩が江戸へと廻す米の量は年々と増えていき、莫大な利益をもたらすことになった。

そして新し物好きの政宗様は海の向こうにも目を向け始める。

彼は自ら船を建造し、欧州に遣欧使節を派遣させた。

スペイン王国の領地である新イスパニア＝ヌエバエスパーニャとかいうなんとも長たらしい名前の国の通商を要請するためだ。

これが成功すれば、仙台は更なる発展を遂げることだろう。

これは、政宗様が十四年のうちに行った行政の一部である。

彼にとって実に濃厚で実りのある年月であったことが分かるだろう。

こういった業績はもちろん、私が一番うれしかったのは政宗様が家臣や領民たちに愛されたことである。

政宗様は常に領民のことを考え、ともに悩み改善の道を探した。

年越しに食べる鱈が城下に出回らないと知れば、自ら漁師に文を送り、だし惜しみせず出荷するように促し、河川の修繕工事で死んだ者の墓前に手を合わせる。

立ち寄った廻船問屋の息子の名づけ親となり、時には農民たちに握り飯を振る舞った。

きっとこの先、もっともっと伊達家の領土は繁栄し、政宗様は民から愛されることだろう。

そんな彼の姿を、傍らで記憶に刻むことができないのが、私、片倉小十郎《かたくらこじゅうろう》は非常に無念でならない。

*

「やっと目を覚ましたか」

いつからそこにいるのか、政宗様は胡坐をかき私の顔を覗き込んでいた。

「昼間からぐぅすかイビキをかくとはよい身分だな」

言葉とは裏腹に、政宗様は手拭で私の額を優しくふく。

瞳だけを動かし外を見やると、やたらと眩しい。積もった雪に陽の光が反射しているようだ。

「どうした、体を起こしたいのか」

そう言うと、政宗様は私の背中に手を入れこみ、そのまま体を持ちあげた。そして空いている手で器用に布団を丸めると、私の体が倒れないように背中へと押しこむ。

「申し訳ございませぬ」

自分が発した声が恐ろしく弱々しく、咳払いをして必死にそれを誤魔化した。

「アホ」

政宗様は眉を潜めて左目で私を睨みつける。

「病人は自分の身だけを案じておればいいのだ」

その目元にはうっすらとしわが伸び、まだら髪にも白髪が増えてきていた。

けれど瞳だけは年を重ねても変わらずギラギラと光を放ち続けている。

一方、私はこのざまである。

人の手を借りなければ起きあがるのさえ一苦労。すっかりと体が衰えて一気に老けこんでしまった。

＊

私が体の異変に気づいたのは、仙台への移封が決まった頃である。

関ヶ原での戦が終わったというのに、いつまで経ってもつかれが取れず、体が鉛のように重たかった。

きっと年のせいだろう。

そう思い、しばらくは放っておいたのだが、その疲労感は日々酷くなっていく一方であった。これはどうもおかしいと薬師《くすし》にみせてみたが理由は分からない。

そんな原因不明の状態が数年続いた後である。

私の右手が痺れ始めたのは。

意識をしていないと右手は始終震えるようになり、徐々に動かすことも困難となっていった。痺れは日に日に酷くなり、全身へと広がっていく。

この頃になって薬師は、私を中風であると診断した。

困ったことに治療の術がないらしい。

私にできるのは、じわじわと病が体をむしばんでいくのを待つだけ。

蔦《つた》も重長《しげなが》もこの身を案じて安静にするように懇願してきたが、それを私は断った。

「政宗様に仕えたその日から、命など、とうに捨てておる。我が命を奪うのが敵の刃から病魔へと変わっただけのことだ」

人にうつる病でないのならば、この体動くまでは政宗様のそばで、仙台の地の繁栄に務めたい。そのことを政宗様に告げると、彼はこう言った。

「片眼の大名に、不治の病の家臣……お似合いの組み合わせじゃないか」

政宗様は重長の初陣の舞台となった白石城を私の居城とし、病を抱える私が隣にいることを許してくださったのである。どんどんと繁栄していく仙台の地を一望するのは、私にとっても至福の時間であった。

だが、その暮らしにも終わりが訪れた。

とうとう痺れが両足を冒したのである。腰に力が入らず、蛸か烏賊にでもなったようにひとりでは二本足で立つことさえできなくなってしまった。

これ以上、自分のために家の者に迷惑をかけてまで好き勝手する訳にはいかない。病を患ってから十年。

ここがもう潮時だろうと、私は隠居を決めた。

頭では分かっていても、床に伏せていると悔しさがこみあげてくる。誰かの助けを得なければ役に立たないこの体。

情けなくて情けなくて涙が溢れそうになるが、私は必死に耐えた。

頬を伝った涙をふくことさえ、今の私は誰かに頼まなければならないのだから。

そんな私のもとに政宗様が訪れたのは、隠居を決めた数日後のことだった。

「呑気に隠居生活など百年早いわ」

そう言って政宗様は乱暴に襖を開け放つと、私の顔に餅菓子をぶつけた。機敏に避けることのできない私の顔に餅菓子がべったりとへばりつく。

体がうまく動かない人間になんと惨《むご》いことをするのだ。

政宗様の行動が信じられず、腸《はらわた》が煮えくり返った私は感情のままに罵声を彼にぶつけた。

「なぜ、こんな仕打ちを⁉」

政宗様は黙ったまま、私の顔を見やっていた。

「長年あなたに仕えた私を侮辱して笑いにきたのですか、伊達政宗という男は、いつから鬼畜外道になりさがったのですか⁉」

怒り狂う私を眺めてニヤニヤと笑いながら、政宗様は枕横にしゃがみ込んだ。

「鬼畜外道か」

彼は私の顔にへばりついた餅菓子を剥がして自らの口へと運ぶ。

「やはり頭はハッキリまわっているようだな」

「は？」

彼の言葉が理解できず、私は周囲に殺気をまき散らした。

「俺がおまえに求めているのは、最初からここだけだ」

餅菓子でべたつく指先で、政宗様は私の胸元を小突く。

「おまえの平平凡凡の剣の腕も平凡以下の容姿も、その肉のついた腹にも俺は一切興味はない。俺がほしいのはおまえの進言だけ。その頭が痺れきるまでは、伊達家のために働いてもらう。分かったな」

政宗様はそこまで一気にまくしたてた。

真っ赤に熱せられた鉄石に、急に水を浴びせかけられたように怒りが引いていく。私の体には興奮と熱だけが残り、肩を上下に揺らし続けた。

「おい、いつまで俺に間抜け面を晒し続ける気だ？」

「……私の舌や魂を、いつこの病が襲うか分からないのですよ」

なんだそんなことかと、政宗様は人を小馬鹿にするようにワザとらしくため息をついた。

「そうなったらおまえが泣いてしがみつこうとも、お役御免ときっぱり切り捨てやるさ」

今考えれば私に餅菓子を投げつけたのも、右目のことで人々に疎まれて腫れ物に触るような扱いをされ続けてきた政宗様なりの気づかいだったのだろう。どんなになろうとも今まで通りだと、私に伝えたかったのかもしれない。


こうして政宗様は週に一度、私のもとを訪れるようになった。

真面目に政の相談をする時もあれば、雨が続いてウンザリという無駄話や、自分で漬けた香の物のできがよかったと、得意気に自慢して終わることもある。

ここまでゆっくりとふたりで会話を重ねるのは傅役としておそばについていた時以来かもしれない。

ささやかだが他の何事にも変えられぬ幸せな時間であった。

その幸せを噛みしめるとともに私は感じていた。日に日に体を蝕む病魔が、この時間さえを奪おうとしていることを。

＊

「おい片こ、また辛気臭いことを考えていたな」

布団の形を整え、私の体の位置を定めながら政宗様は声を荒げた。

「まったく重長の馬鹿みたいな陽気さは母親譲りか？」

「……いいえ、それは政宗様譲りでしょう」

「戯け、俺を馬鹿だと言うのか？」

文句を言いながら政宗様の瞳は笑っている。

相変わらず派手好きは変わらず、女が着るような牡丹柄の着物を袴の下に合わせていた。昔は健康のためだと服でも単衣だけで過ごされていた政宗様だが、年のせいだろうか今日は臙脂色の羽織を合わせている。

羽織の色と合わせた眼帯には金刺繍が施されていた。彼が寝所にやってくると一気に辺りが華やかに明るくなった。

「それで、今日はどうされたのですか」

「……深爪狸のことさ」

政宗様は曇った表情を誤魔化すように、顔を背けて雪景色を眺めた。

「とうとう動きだしたのですね」

「あぁ」

政宗様は短く返事をして頷いた。

「俺は、深爪狸のために闘わなくてはならぬらしい」

＊

関ヶ原の合戦後、政宗様と家康の関係は近すぎず遠すぎず程よい関係を保っていた。心を開き切っている訳ではないが、家康は政宗様の才気を買っているようである。

ふたりの間には常に緊張が張り詰めていたが、家康の政宗様への処遇は他の大名とは明らかに違っていた。

一番如実だったのは遣欧使節のことである。

家康は政宗様が異国と貿易を結ぼうとするのを容認し、その利益を共有することを条件に政宗様の領地に限り、キリスト教の布教までも黙認する意志をみせたのである。

関ヶ原での戦いが終わった直後。江戸城建設の際、こんな出来事があった。

参勤に訪れた政宗様を香会へと招いた家康は、香会を手短に済ませると江戸城の総構え図を広げてこう言った。

「この城。おまえなら、どこから攻める？」

政宗様は即座に「拙者ならばここから」と、江戸城の東北側に描かれていた御茶水の台地を指さした。

「ここに大砲を設置し、江戸城の大手門も破壊してから一気に攻め落とすでしょうね」

それを聞き、家康は顔を強張らせて唸った。

江戸城と御茶水の距離は、約十六町。

たしかに大砲の射程圏内なのである。

「なるほど、この周りに外堀でも掘るとするかな」

意見を聞くだけ聞くと、家康は政宗様に記憶されるのを恐れるように、すぐさま総構え図をしまいこんだ。

そして「もうひとついいかな」と彼は新たなる議題を政宗様に持ちかけたのである。

「秀頼《ひでより》について、おまえはどう思う？」

秀頼といえば豊臣秀吉の後継者であり、石田三成が関ヶ原で命を捧げ守ろうとした人物である。

この戦の首謀者として三成は死罪となったが、この時まだ七つだった秀頼は領有地の大半を没収されたものの、命までは奪われることはなかった。豊臣家にとって領地没収は大きな痛手ではあったが、彼はまだ大名たちにとって絶大的な権力を保持しているのである。

つまり天下は家康のものとなったが、いつ再び豊臣の世が復活してもおかしくない状態なのだ。一度は「打倒三成」で結束した大名たちの多くは豊臣配下の大名たちである。憎き三成を成敗し終えた今、彼らの忠義がいつ揺らいでもおかしくないのだ。いつ彼らに裏切られるか家康は怯えていたのであろう。そこで家康は実に慎重にことを進めた。

何十年も天下を虎視眈々と狙い続けたのだ。ここで焦って全てが台無しになることは避けたかったのであろう。

彼は豊臣家と融和する道を探り続けた。もちろん表向きの演技である。

秀頼をたてる振りをしながら裏では、徳川公儀の永続性を確固たるものにするための地盤固めに動いているのだ。

「秀頼様に対しては何も思いませぬ……ただ今後も彼の名を借りて挙兵する者がでてくる可能性があるのは確かでしょう」

「やはりそう思うか」

「ええ、それは豊臣家にとって、とても不幸なことでしょう」

「では、おまえが私ならばどうする？」

どうする？　どう思う？

そればかりを繰り返し、決して自分の意見を述べようとしない。

まったくずる賢い男だと、つくづくその時、私は思ったものである。

「私が家康様ならば、秀頼様を引き取り養育致します」

「なに養子に迎えろというのか？」

「家康様が秀頼様を手厚く扱えば、豊臣配下にあった大名たちも手出しはできないでしょう」

置いたままにされていた香の道具を手に取り、香りを味わいながら政宗様は言葉を続けた。

「秀頼様が立派にお育ちになる頃、豊臣の有力大名たちが一体何人この世に残っているでしょう」

政宗様が語るように、名だたる戦国大名たちは皆、年老いていた。十年後二十年後、彼らが元気でいる保証はないと訴えたのである。

「大きくなった秀頼様の能力が足りぬようならば、二、三国を与えてそこで豊臣家を存続させてやればいい……こうすれば徳川様の世は安泰かと」

「政宗、おまえは相変わらず面白い小僧だね」

家康は耳から垂れさがる分厚い耳たぶを揺らしながら笑う。

その豪快な笑いっぷりにその場にいた誰もが目を奪われていた。

散々笑い尽した後で、家康は政宗様の肩をボンボンと叩いた。

「なるほどね、参考になった」

もちろん、家康が秀頼様を養子に迎えることはなかった。

だが十年経てば、豊臣配下の有力大名が姿を消すという部分には魅力を感じたようである。

家康はさらに時間をかける道を選んだ。

この十年、家康は強大な権力で秀頼を服従させることはなく、じわじわと狡猾に真綿で首をしめるかの如く、豊臣家を追い詰めていった。

三男の秀忠に征夷大将軍を譲り、その祝いに秀頼を上洛するように促して周囲に徳川家が豊臣家より上位であることを示したり、三カ条の法令という豊臣家が飲み込めぬような法令を作ったり……。

酒を醸造させるように、時間をかけてゆっくりと豊臣家に怒りを爆発させぬ程度に貯めこませていったのである。

こうして十四年の時は流れた。

豊臣恩顧《とよとみおんこ》の有力大名たちが次々と没し、豊臣家は弱体化を続けている。

そして関ヶ原合戦の際、まだ幼かった秀頼も今年で二十二となり、立派に成長した。しかし、今の彼には、三成のように盾となってくれるような従臣はいない。時は満ちたのである。

*

政宗様は、私の唇を白湯で塗らしながら話を続けた。

「深爪狸、本気で方広寺の件だけで戦まで持ち込むつもりらしい」

「きっと理由はなんでもよかったのでしょうね」

「だろうな、そうでなければ鐘ひとつであれほど目くじらを立てるはずがない」

政宗様が言う方広寺とは、秀吉が作った豊臣家ゆかりの寺院である。

その寺院の大仏殿が地震で倒壊したのは秀吉が亡くなる少し前のことであった。秀吉が没した後、秀頼は父の供養の意味を込めて大仏殿の再建に取りかかったのである。

この大仏再建は豊臣の復権の象徴となる大事業だ。しかし、度重なる事故で頓挫していたのである。それをもう一度再建すべきとそそのかしたのは家康その人であった。

「きっと父上もお喜びになるに違いませんよ」

それは豊臣家の財力をやせ細らせようとする家康の企みに違いなかった。しかし秀頼にも当主としての自負がある。家康にそこまで言われて、何もしない訳にはいかない。威信をかけた秀頼は亡き父が蓄えた金銀を費やされた。そして今年とうとう念願の大仏殿が完成したのである。

それが家康の耳に伝わったのは今年の春頃。

家康は、大仏殿の完成には一切興味を示さず、代わりに方広寺の梵鐘に刻まれたふたつの言葉に対して怒りを露わした。

その言葉とは「国家安康」「君臣豊楽」である。

このふたつは国の政治が安定し、領主から民に至るまで豊かで楽しい暮らしを送るという意味の言葉であるが、家康は自らの名前がふたつに分断されていること。後者の言葉が豊臣を主君として楽しむという意味にとれるとして、激怒したのである。

「苦しい理由だが、家康につけ入る隙を与えてしまったのが運のツキということだな」

ため息交じりに言う政宗様に、私は視線を送る。

「たしか家康は和睦策を提示したはずでは」

家康は解決策として秀頼が大坂を離れて江戸に参勤すること。秀頼の母、淀殿が人質として江戸に詰めることなどを提示したが、それは完全に徳川に屈することを意味する。屈するた。


か、立ちあがるかを秀頼は選ぶ時がきたのである。

「あぁ、だが秀頼が全て退けた」

「豊臣家は、家康相手に戦うつもりなのですね」

「そのようだな」

政宗様はさきほどから浮かない顔をして、火のついていない煙管をくるくると手の中で廻している。一度私が煙を吸い込んで咳き込んで以来、この部屋では煙管を吹かさぬようになった。

私が何度気にしなくていいと言っても、政宗様は「今吸いたくないだけだ」と、頑なに火を点そうとしないのである。気をつかわせるのは嫌だったが、おかげで呼吸が楽になったのは確かだった。

「さきほどから、冴えない顔をしておられますね」

「そうか」

政宗様は煙管を回す手を止めた。

「まさか豊臣について闘うおつもりなのですか？」

「馬鹿いうな、そんな義理などない」

「ではどうして？」

うつむいたまま、彼はしばらく黙っていた。

まるで口にすると何かが崩れ去ってしまうように言葉を発することを躊躇しているようである。私は黙って政宗様が語りだすのを待った。

「秀頼の主力軍は、関ヶ原の戦で破れ、浪人になった者たちだ」

長い沈黙の後、言葉を区切り戸惑いがちにポソリポソリと政宗様は口を動かしだした。

「その筆頭となるのは、真田信繁《さなだのぶしげ》だ」

「なんと！」

久しぶりに聞くその名前に驚き、再び声が上ずった。

私の脳裏に太い眉毛を八の字に垂らして笑うひとりの男が浮かびあがる。

真田信繁といえば、朝鮮出兵の際、幾度となく政宗様と茶会を催していた男。関わりはあの一年間だけであったが、他の大名たちに鄙《いなか》出身と小馬鹿にされていた政宗様の唯一の心のよりどころであったのは確かなのだ。関ヶ原の戦いにて上田城に籠城して秀忠軍を食い止め続けた真田信繁とその父・昌幸は、死罪はまぬがれないと思われたが、家康側についていた兄・信之の助命嘆願により紀伊国高野山麓の九度山村での蟄居を命じられていたのである。

「九度山に幽閉されたとまでは聞いていたんだがな……御父上も病に倒れて亡くなり、秀頼の招集に応じたらしい」

住みなれぬ土地で病死されたとはさぞ無念であっただろう。

そう顔をゆがめた政宗様に私は問うた。

「どうされるのですか、政宗様」

「どうもせぬ、俺にできることなど残されていないだろう」

政宗様は頭を擡げて両手で袴をむんずとつかみ、感情のままに握りしめ続けた。雪が外の騒音を閉じ込めているようで、政宗様が歯を食いしばる音がやたらと大きく部屋には響いている。

東軍についた者と西軍についた者の差を、私は痛感せざるを得なかった。


政宗様と信繁様。

ともに直接関ヶ原合戦に参加していないというのに、両者には雲泥と言う言葉では表しきれぬ十四年の年月が過ぎていたのであろう。

関ヶ原の戦いに敗れた西軍の武将が減封・改易となり、信繁様だけでなく、日本全国で浪人が大量に発生しているのだ。

特に主君を失った武士たちは、再仕官することは極めて難しい。彼らは新たな主を求めて東国から西国へと渡り歩いていたが、誰も浪人に手を差し伸べるものはいなかった。

戦国の世が終わりかけている今、民衆たちも浪人には冷たく、彼らが町に居つくことを嫌った。

彼らは流れ者として、時には人を襲い金品を奪うしか生きていく手はない。それにより民衆は更に浪人を嫌う。

そんな悪循環が幾度もなく繰り返されているのである。そんな日々を送っていた、かつての有力武将たちが秀頼のもとに集結し、憎き家康に反旗を翻したのだ。

「浪人が望むのは再仕官の術だけ。誰ひとり豊臣のために立ちあがった者はいないだろう」

政宗様は袴から手を外すと、すぅと背筋を伸ばした。

冬日がさしこみ、彼を照らしたがさきほどまでの苦悩の表情は消えて、薄い唇は真一文字に結ばれている。

信繁への想いを断ち切るように煙管で畳をカツンと叩き、政宗様は息を吐きだした。

「そんな奴らがいくら集まったところで、家康に勝てるはずがない」

「でしょうね」

やはり彼は今日、私に何か意見を求めてやってきた訳でないようである。

政宗様は誰かに、ただ話を聞いてほしかったのだろう。

気兼ねなく本音をぶつけることができる相手が年を重ねる毎に貴重になっていく。そのことが私には痛いほど理解できた。

「我が軍はこれから大坂城へと向かうことになった」

「そうでございますか」

政宗様の言葉に相槌を打ちながら、私は思い切り口角を釣りあげた。体が痺れて思うように動かなくてはきているが、これだけ大げさにすればきっと笑っているようにみえるはずである。

「初陣の時に比べれば、重長は多少使えるようになっていると思います」

「分かっておる」

「多少気が荒いところもありますが、政宗様に言われてから、あれでも論語や和歌を齧《かじ》ってはいるのですよ」

「分かっておると言ってるだろう？」

鬱陶しそうに政宗様は手で空を払ってみせる。

「おまえの息子だ、心配あるまい」

「有難きお言葉でございます」

頭をさげられない代わりに、私は政宗様を一瞥《いちべつ》してから瞑目する。

暗闇の世界からゆっくり目を開けると、政宗様は何も言わず私の顔を眺めていた。

とうとう私の目までいかれてしまったのか。

政宗様の顔が一瞬、梵天丸と呼ばれていた頃の出会ったばかりの彼に見えてしまうなんて。

慌てて瞬きを繰り返すと、政宗様の顔はいつも通りのものへと戻っていた。

ほっとひと息をついてから、私は話を切りあげようと口を開く。

「出陣される前に、お会いできてうれしゅうございました」

多忙な彼をいつまでも私のもとに留めておくのは、気が引けるのだ。

こうでもしないと政宗様は何時間でも私とおしゃべりを続けてしまう。

「おいおい、何勝手に話を切りあげようとしてるのだ」

政宗様はコツンと煙管で私の額を小突く。結構力が込められており、ジンジンと額が熱く疼いた。

「相変わらず病人にも容赦ないのですね」

「今回はおまえが悪い！」

政宗様は膝に手を突き立ちあがりながら、こちらを睨みつけた。

「まだ本題にうつっていないと言うのに俺を追いだそうとするからだ」

「本題？」

「持ってまいれ！」

そう言って、政宗様が手を叩くと襖が開き、重長が姿を現した。

一気に冷たい冬の空気が流れ込み、体が粟立っていく。それをみた政宗様は「ほれ」と着ていた羽織を私の体に被せた。また香の会に参加していたのだろう。羽織からは伊達家に伝わる柴舟の匂いがほのかに漂っている。

「重長、どうしてここに?」

「御屋形様からこれを運ぶようにと頼まれまして」

重長が家臣とともに抱えているのは、真新しい甲冑と兜である。

全身黒漆塗かと思いきや、よく見ると五枚胴には藍色の糸で細やかな刺繍が施されている。

「御屋形様が御父上にと」

「これを私に?」

訳が分からず、政宗様は照れているのか私から目を逸らして、雪景色を眺め続けている。

「前の鎧が随分キツそうだったからな」

「前?」

「覚えておらんのか、この城を落とすために戦った時にだよ」

政宗様はじれったそうに廊下の柱をバンバンと叩いた。

「十四年も前のことを得意気に語られても」

「なんだもうボケ始めたか?」

政宗様の調子に乗せられそうになったが、我に返り私は切り返した。

「覚えていたかどうかは重要ではありません、なぜ私に甲冑をと聞いているのです」

「おまえも今や一国の主、甲冑のひとつやふたつ持っていてもおかしくないだろ?」

いまいち会話が噛みあわず、私は天を仰ぎ、深くため息をつく。

「父上も野暮天ですねぇ」

私を更に苛立たせるように重長が口をはさんできた。

その顔は、にんまりと綻んでおり、あきらかに私を小馬鹿にしている。実に不愉快である。

「父親に向かって、野暮天とはなんだ」

「だってそうでしょう、つまり御屋形様はこうおっしゃってるんですよ。早く元気になってこの鎧をつけて見せてくれ。ともに戦ってほしいって」

「え？」

言葉を失った私があんぐりと口を開けていると、政宗様は煙管を振りかぶり思いきり重長の額をかち割らんばかりの勢いで殴った。

「ドアホ、野暮天はどっちだ！」

「ぐへっ」と声をあげて重長は額を押さえてその場にしりもちをついた。

「だって、オレ言わないでも伝わるみたいなの苦手なんですもん」

涙目になりながら顔をあげた重長の額にはポコンとふくれた餅のようなコブができている。

この様子を見ると、さきほど私の額を叩いた時、あれでも政宗様は手加減をしていたのかもしれない。

「……ということだ、養生しろよ！」

政宗様はこちらをひと睨みすると、私に礼をいう隙も与えずに、ズカズカと音を立てながら廊下を去っていった。

額を押さえながら重長が政宗様の背中に向かって叫ぶ。

「御屋形様、羽織！」

「片こにやる！」

「いやちょっと待ってくださいよ！」

親を恋しがる子犬のようになさけない顔をあげながら後を追おうとする重長を「待て」と引きとめる。驚き、振り返った息子に口早に私は告げた。

「いく前に、兜を、こちらに」

重長は何も言わずに、ニィと白い八重歯をみせる。そして私の腹の上に兜を静かに置き、布団の中に隠れていた私の両手を、そっとそれにあてがった。

「御屋形様に謝ったら、すぐ戻ってまいります」

重長は私の両手を優しくさすると、そのまま廊下へと走り去っていった。

「あの馬鹿、襖くらい閉めていかんか」

愚息にボソリと文句をもらしてから、私は再び瞑目して痺れて感覚のない指先に神経を集中させた。ゴツゴツとした鉄板と漆の感触をたしかに感じて、私の腹の底がぞわぞわとざわめく。

それが本当の指の感覚なのか、今までの記憶がもたらす錯覚なのか私には判断がつかない。

しかしその兜は失いかけていた男としての誇りを、確かに思いださせてくれたのである。

自然と口から洩れる笑い声が白い息となり、部屋に溶けていく。

私は涙を堪えることも忘れて、いつまでもいつまでも手の中の兜の感触を味わい続けていた。

第七章
俺とおまえの夏の陣

家康の命を受けて大坂城へと向かう政宗と重長。
右腕であった小十郎は病で倒れ、
若き日に絆を深め合った真田信繁とは兵をぶつかり合わせなければならない――。
そんな状況に政宗は、そして片倉親子は？

オレは目の前に広がるこの景色がどうもしっくりこなかった。

水面にうつる自分の顔のように、どっか歪んでいて本来在るべき姿ではないこの感じ。足に合わない草履を履いているような違和感。褌《ふんどし》の位置がしっくりとこなくて妙にそわそわと落ち着かぬこの感じ。

「何かが妙だぞ」

「何かが間違ってるぞ」

ざわついている己の心を「まぁまぁ落ち着け」とオレは宥めた。もう理由は分かりきってるじゃないか。

そうだ、御屋形様の隣に父上がいらっしゃらないからだ。

オレが母上の腹ン中から飛びだして以来……いや飛びだすずっと前から御屋形様の傍らには御父上がいたのである。

それは「夏は暑くて冬は寒い」のとおんなじくらいオレにとっちゃ当たり前のことで決して変わらない事実のはずだった。

だが今、御屋形様の右側はポッカリと穴が開いたように空洞である。

シンシンと降り続けている灰雪でさえ、その隙間を埋めることはできなかった。

オレもいい年の大人だ。

そりゃ人間いつか死ぬんだし、永遠にふたりの背中を眺め続けられないことくらいは理解している。でも、まさかこんな早くに父上が床に伏せちまうなんて考えてもみなかったのだ。

オレは自分で吐いた「いつか死ぬ」という言葉を振り払うように頭を振った。

縁起でもないことを考えやがって、オレの馬鹿たれが。

いつまでも見慣れないその光景を一歩後ろから眺めて、オレは深く息を吸い込んだ。冬の凍りついた空気が鼻の中を通り過ぎてツンと痛む。

急に胸が押さえつけられたように痛み、涙が溢れそうになる。

まったく父上が居ないだけでコレだなんて本当にやんなっちまう。乳ばなれできない赤ん坊じゃあるまいし。

涙をごまかすように悴《かじか》んだ両手を擦り合わせて、吸い込んでいた空気を手のひらに向かって吐きだした。


「どうした、寒いのか」

御屋形様が振り返り、その左目に震えるオレの姿を捉えた。

「奥州生まれだろうが、情けない」

「そういう御屋形様だって鼻が赤いですよ」

「戯け、生意気な口を聞くな」

唇を緩め、白い息を漏らしながら御屋形様はズンズンと雪道を進んでいく。


オレたちは今、大坂城へと向かって日本国をのぼっている。

徳川家康《とくがわいえやす》から豊臣秀頼《とよとみひでより》討伐の命を受けたのだ。

現在、秀頼は浪人たちを従えて大坂城に籠城しているのである。

豊臣系の諸大名はほぼ徳川になびいており、すでに家康は大坂城を取り囲み、じわじわと秀頼を追い詰めていた。十四年の時を経て、もはや豊臣家に義理立てする筋合いはないということだろう。これも国を守り生き残る術なんだからしかたねぇ。籠城作戦を知った家康は冷静だった。中の食料がなくなればいずれあちらがほころびをだすと、じわりじわりと焦らずコツコツと持久戦へと持ち込んでいこうとしているのである。

命を受けて、御屋形様はすぐに兵をかき集めた。

その数はざっと一万人。

援軍にむかうには申し分のない大軍である。


片倉家の血を受け継ぐものの証として、オレは黒釣鐘《くろつりがね》の旗指物を背負い、この戦に出向くことを決めた。

かつては無骨すぎる釣鐘の面構えが嫌で嫌で仕方なかったが、今となればこのよさが分かる。このずっしりと坐して揺るぎのない釣鐘の姿は、まさに父上そのものだ。


出陣する日の朝。

黒釣鐘の旗指物を背負う許しを得ようと寝所を尋ねると、父上は背筋をピンと伸ばして布団の上に坐していた。

部屋の柱にもたれてはいたが、きちんと着物を重ねて羽織をはおる父上は病魔に蝕まれる前の姿を彷彿とさせて、オレは本来の目的を忘れてしばらく目の前の光景に見惚れていた。

「何をボォっとしてるんだ」

溜息をつく父上の真横には、御屋形様から頂戴した兜と甲冑が飾られている。母上の話では、父上は日に何度も兜を手に取りそれを撫でているという。ここのところは顔色もよく、御屋形様のおくりものはどんな善薬よりも効果をあらわしていた。彼はことあるごとに「私は武士ではない」と口にしていたが、オレから見ると父上ほど芯の通った武士など、この世に存在しないように見える。そんな父上を眺めながらオレはつくづく、どうしてこんな優秀な人からオレのような子が生まれてしまったのだろうと思った。とんびが鷹を生むではなく、鷹がとんびを生んだという感じである。

ごほんとワザとらしく咳払いをして、オレは頭を下げた。

「父上の旗指物をお借りしようと思いまして」

「借りるもなにも、それはもうおまえのものだ」

「……ありがとうございます」

「重長、こっちにこい」

父上に呼ばれるがまま、オレは隣に坐した。

近づいてみやると彼の体は小刻みに震えている。

「……政宗様を頼んだぞ」

父上の言葉に応えられるように、オレは父上の手を何度もさすった。その手はどうしてこんなにも力強くオレの手のひらを握ることができるのか不思議になるほどにやせ細り骨ばっていた。

今でもオレの右手には、父上の乾いた手のひらの感触がこびりついている。

まるで父上がオレの手を引いて大坂城へと導いてくれているような、そんな錯覚まで覚えてしまう。

そこでやっとオレは気づいた。自由の利かない体に鞭を打ち、オレを送りだすために無理して背筋を伸ばし座っているのだと。慌ててその体を支えようとするとオレを諌めるように父はこちらをひと睨みした。ここは父の威厳を保させてくれと、必死に頼んでいるように思えてオレは伸ばしかけていた手をさっと引っ込める。父上は一瞬ふっと苦しそうに顔を歪ませてから、再びきっと表情を引き締めた。それは父としての顔ではなく、伊達政宗の傅役・片倉小十郎の顔であった。

「忘れるな、おまえは片倉小十郎だ……」

父上は振り絞るように、腹の底から声をだして言葉を繰り返した。その声はとても病人のものとは思えぬほど大きく、オレの体を震わせた。

「おまえは片倉小十郎なのだ」

片倉小十郎として、御屋形様にその身を捧げよ。力を振り絞りそうオレに伝えようとしているようである。

「二代目片倉小十郎の名に恥じぬよう精進いたします」

そう言って父上の手を握ると、震え続けるその右手は信じられぬほど強い力でオレを握り返した。あまりの力に骨がきしみ、声をあげそうになるのを必死にこらえた。


「おい小十郎！」

名前を呼ばれて顔をあげると、前方から白い物体が飛んできた。

「どわっ⁉」

白い物体はオレの顔面で潰れるとボロリと砕けていく。

それは丸められた雪の球であった。

御屋形様がオレの顔面めがけて、雪の球を放り投げたのである。

「アホ、ちゃんと避けろよ」

悪童のように声をあげて笑うと、御屋形様は二個、三個と続けて雪の球をオレにぶつけてきた。

不安げなオレの心を奮い立たせようとしているんだろう。その優しさをうれしいと思う反面、主君に気を使われるなんて情けないと、恥ずかしさに顔を覆いたくなった。

父上がいなくて不安なのは、御屋形様も一緒のはずなのだ。彼にとって初代・片倉小十郎は第二の父であり、兄であり、忠実な家臣であり、そしてかけがえのない友なのだから。

それを支えるのがオレの役目なのに。父上に知られたら怒鳴りつけられてしまうだろう。


このままではいけない。

オレは爪が突き刺さるくらいきつく、拳を握りしめる。


「奥州を抜ければ、寒さも少しは和らぐ」

そう言って目を細める御屋形様にオレは叫んだ。

「御屋形様！」

「どうした、また馬鹿でかい声をだして」

オレは己の心を鼓舞するように、更に声を張りあげた。

「二代目片倉小十郎、全身全霊をささげて父上の代わりを務めさせていただきます！」

言い終わらぬうちに、新たな雪玉が飛んでくる。

しかも今度の雪玉はギュッと握り固められており、砕けることなくオレの鼻筋を直撃した。

「戯け、調子に乗るな」

ジンジンと痛む鼻をさするオレに、御屋形様は続けて言った。

「……片この代わりなどできるはずがないだろう」

御屋形様は吐き捨てると、再びオレに背を向けた。

さっきから彼の気持ちを逆なでするようなことばかり……あぁ、オレって男はどうしてこう馬鹿なんだろう。二代目片倉小十郎の名が、こんなに重たいものだったとは。

オレはポッカリ空いた御屋形様の右側を見やりながらガックリと肩をおとした。

＊

誰が呼びだしたのか、その出城は真田丸と呼ばれていた。

大坂城の東南部に堀と柵をめぐらせて作られたそれは、城の弱点を補強するために作られたものである。

大坂城は西側には淀川、東には平野川、北には天満《てんま》川と三方を川に囲まれており、それが自然の要害の役目を果たしていた。

唯一要害がなく、この城の弱点とも言える場所を補うために作られたのが真田丸である。

その名前からするに、発案者はあの真田信繁《さなだのぶしげ》に間違いないだろう。


家康は、この真田丸さえ撃ち落とすことさえできれば、勝利はすぐそこだと考えた。彼は息子である秀忠《ひでただ》と前田利常《まえだとしつね》に真田丸を撃ち落とすように命じた。

ただし実質動くのは前田のみである。

関ヶ原合戦の際、真田親子に完敗している秀忠に二度の黒星をつける訳にはいかなかったのだろう。


しかも今の秀忠は征夷大将軍。

彼の名前に傷がつくようなことがあってはならないのだ。


「深爪狸もまったく底意地が悪い」

御屋形様はそびえる真田丸を眺めながら、フンと鼻を鳴らした。

「俺と信繁のことを知っていながら、秀忠軍につかせるとはな」

オレたち伊達家の軍勢は大坂城本丸からは距離のある木津川寄りに陣を構えていた。右前方には真田丸が立ち塞がっており、オレたちはこの出城を崩すことを命じられているのである。

「あんなものが建つまで、なんでそのままにしていたのだ」

御屋形様の煙管がふかす紫煙が、天を覆う薄汚れた雲と同化していく。

「前田殿に真田丸の前に塹壕を築くよう、家康様は命をだしていたそうですが」

「そんなことをすれば敵に撃たれるだけだろう」

御屋形様の言葉に、オレはコクリと頷いた。

前田の動きは敵も想定範囲内だったようで、信繁はその工事を妨害し続け、塹壕はいつまで経っても完成することはなかった。

「篠山にいる本多《ほんだ》政重《まさしげ》様から知らせが届いたようです」

オレは家臣から受け取った文を御屋形様に手渡した。

「なんでも今、真田丸に残っていた兵が城へと引きあげて手薄になっているそうで……」

篠山は真田丸の目と鼻の先である。

信繁たちは苦戦する大坂城への援軍に向かったのかもしれないが、これは思ってもみない好機なのだ。

「俺たちにも真田丸を一緒に攻めたてろというのか?」

「ええ、そう命がでております」

「どいつもこいつもアホばかりだな」

御屋形様は煙管の灰を落して、その場に坐した。

「アホばかりとは?」

「なぜ上田城の一件から学ばぬのだ?」

甲冑に肘をつき、その上に顎をのっけている政宗様は「ふぁ」とアクビをしてから呆れ返ったように言葉を続けた。

「真田信繁が、そんな失態を犯すはずがないだろう」


御屋形様の読みは的中する。

真田丸を留守にしたのは、全て信繁の作戦だったのだ。

徳川の軍をおびき寄せた信繁は雨のような銃弾を降らせて、次々と敵を蹴散らしていったそうである。

その攻防は半日以上続き、結局家康と秀忠は自分たちに不利な戦いだと判断を下し、撤兵を命じた。その撤兵も信繁の粘着質な攻撃のせいで思うように進まず、結局徳川の戦死者は数千人にも上ったのだった。


その日の夜、御屋形様のもとに一通の文が届けられた。

それは真田信繁その人からの文であった。

御屋形様はしばらく折り畳まれたその文をじっと眺めていた。一体どんな内容が書かれているのか。オレはそわそわとその文が開かれるのを待ち続けていた。しかし彼はそれを開けること無く、そのまま火にくべてしまった。

「……よかったのですか？」

「仲間に加われという頼みなのか、家康との間を取り持ってくれなのかは知らぬが、ここまできては俺にはどうすることもできない」

オレはそういう御屋形様が少し薄情なように思えた。

いつも彼は楽しげに語っていたのである。

朝鮮出兵前の信繁との茶会の話を。「いつかおまえにも会わせてやりたいものだ。信繁は見てくれはそこそこだが、その心は他に類を見ぬほどの伊達者。きっとおまえと気が合うだろう」

そう耳にタコができるほど、オレは聞かされてきたのだ。信繁はオレの中ではおとぎ話の英雄のような存在である。心を開き、絆を結んだ相手でも手を差し伸べることはできないと言うことだろうか。

「……俺が下手に動けば、奥州は再び荒れ果てるだろう」

オレの心を読むように、御屋形様は言った。

「俺が守りたいのは、徳川でも豊臣でもなく、俺の国の民だけだ」

「……このまま秀頼様たちが勝利することはないのでしょうか」

「そんなことがあるはずがない」

御屋形様はオレの言葉を鼻で笑った。

「いくら信繁が優秀だとしても、結局は浪人の寄せ集め。他の奴らが攻められれば、信繁が落ちるのも時間の問題だろうよ」

その言葉は、全てそのまま現実となった。

籠城作戦をおこなっていた大坂城の中は悲惨極まりないものであったという。

兵士たちは米の高騰や食料の不足により厳しい生活を過ごさなくてはならなかった。つまり家康の思惑通りになったのである。

もともと彼らは手柄をあげて恩賞を多く得て、あわよくば再仕官することが戦の目的だ。御屋形様がオレに語っていた言葉を借りれば忠義のない男の心はたやすく折れるということであろう。苦しい生活に耐えられず、溜まらず城から脱走する者も相次いだそうだ。そんな者たちは捕えられて、額に焼き印を押されたり両手を切り落とされるなど、惨い扱いを受けたという。

こうして窮地に追いやられた秀頼は、とうとう家康と講和の誓書を交わすこととなった。家康は、この戦を穏便に終わらせる鍵は浪人たちへの配慮と考えた。豊臣側につく浪人たちがいなくなれば、もう秀頼が立ちあがることはない。それと引き換えに家康は淀殿を人質にして江戸へ送ること・秀頼に新たな土地として四国を与えるので大坂城を退去することを秀頼に提案した。

豊臣側がしでかしたことを思えばこれは非常に寛大な措置である。

秀頼はこの提示に応じた。

こうして大坂の戦は一度終焉をむかえたのである。

だが豊臣家の炎は完全に鎮火されることはなく燻り続けていた。

簡単に言えば秀頼は家康が提示した案に不満を示したのである。浪人の配慮のために豊臣家がここまでの負担を背負う必要はないと考えたのだろう。そんな秀頼に、家康は更なる寛大な処置を提示する。

浪人たちの罪は問わないという確約、淀殿の江戸行きの取り消し。秀頼の知行は今のまま減らさない。更には大坂城を開城するならばいずれの国であっても望むまま知行替えを行うとまで誓紙に書き記したのだ。その誓紙には将軍家の判が押されていたという。

この提案に秀頼はゆれた。大坂城は手離したくないが、大坂城に居続ける場合は惣構・堀を埋めるようにと命じられていたのである。豊臣家存続の最後の砦である大坂城を開けわたしていいのだろうか。立ちあがってくれた浪人たちへの不義理とならぬだろうか。

そんなことを秀頼が悩んでいる間に、とうとう家康が動きだした。

家康は秀頼の返事を待たずに大坂城の外堀を埋め始めたのだ。当初から外堀は徳川側が埋め立てを行うよう取り決めがなされていたため、黙ってされるがままとなっていた秀頼だが、家康はそのまま内堀の二の丸、三の丸の埋め立てまで行ってしまったのである。和睦の条件に、内堀は豊臣家が埋め立てると決まっていたではないかと、秀頼は猛烈に抗議をした。すると家康はひょうひょうとしてこう言ったそうである。

「惣構は二の丸を含んだ全てのことだと思ったんだがね」

つまり家康の狙いは大坂城の外堀・内堀と、堅牢な惣構、二の丸、三の丸全てを破却して城を丸裸にすることだったのである。本丸だけの浅ましく見苦しい姿となり、強固な防御力を誇っていた大坂城はすっかりその機能を失ってしまったのである。

＊

大坂城での戦いから年が明けた一月末。御屋形様は奥州にもどることができず、四国にある宇和島や江戸での生活を強いられ続けていた。

「仙台に戻り、早く国の空気を吸いたいものだ」

御屋形様は年のせいか、そんな気弱な言葉を口にするようになる。

こんな時、父上ならばどうするのだろうか。オレはそう考えずにはいられなかった。

御屋形様から贈られた甲冑の効果もとうとう切れてしまったようで、父上の病状は日に日に悪化して、一日中目を覚まさず眠っている日も多くなったと母上の文には記されていた。

そしてそこには「けして政宗様に父上の病状を知らせないこと」と口酸っぱくするように記されていたのである。

きっと父上は今の御屋形様の状態を見抜いていたのだろう。

そのうえでオレがどう行動するかを試しているのだ。そんなに買いかぶられても、オレは父上のようには優秀ではない。

一方その頃、大坂城では不穏な動きが続いていた。

堀が埋められ丸裸にされた後も、いつまでも経っても浪人勢は大坂城からでていこうとせず、徐々にその人数は膨れあがっていたのである。

もちろんこれに家康は怒り、一刻も早く城から撤退するように促した。

だが彼らが城から立ち退くはずがないのである。

ここを退けば、彼らはまた文無しの浪人に逆戻りしてしまう。

そして完全に再仕官の道は絶たれてしまうと思っているのである。つまり彼らは家康が浪人を再仕官するという話を全く信じていなかったのだ。家康は何度も秀頼に文をだし、撤退を促したが、その答えが返ってくることはなかった。秀頼は大坂城に残り戦うことを選んだのである。

そしてとうとう家康は再び軍事動員令をだした。

御屋形様は命じられるがままに、江戸から再び大坂城へとむかっていったのである。

＊

大坂城で再び戦が起こる……そんな噂は瞬く間に広がっていき、城下の人々は家財や妻子を引き連れて他国に逃亡していった。

冬に起こった戦は籠城戦だったが、すでに大坂城の堀は埋められており、膨れあがった兵は城内に収まることはなかった。

場所は同じだが、戦は籠城戦から野戦へと戦いの形を変えていったのである。

大和郡山での戦い、堺・岸和田における戦いと、徳川と豊臣は場所と時を変えてぶつかり続けていた。御屋形様とオレたちは水野勝成《みずのかつなり》の援軍へと向かうために小松山へむかっている。

真田信繁率いる軍勢が、大和から河内へと移動する家康軍に奇襲攻撃を仕掛けたのは五月のことだった。

だが、その作戦は間者により家康軍の耳に届く。彼らは真田たちより先に布陣を構えて襲撃の準備を整えることができたのだ。もはや真田信繁に勝ち目はない。誰もがそう思っていた。

にもかかわらず、徳川軍は押されていた。

これも全て真田信繁が軍勢を指揮しているからに他ならない。信繁の戦法は実に巧みであった。濃霧を利用して彼は足軽隊を横一列に並ばせた。頭にかぶっていた陣笠を脱がせ、長槍を並ばせて地面に伏せさせたのだ。その側面に生い茂る森には鉄砲隊を潜ませて、家康軍を待ち構えた。自分たちが有利に立っていると思っている家康軍は、真田軍を見つけた途端、敵軍にむかい騎馬鉄砲隊を突撃させる。その隊をぎりぎりまで近づけた時に、足軽に陣笠をかぶらせて、長槍を構えさせたのだ。足軽の目前には、走ってくる前方の馬たちしか見えず、不思議と兵たちから恐怖心がなくなり、足軽たちは怖気づかずに馬を突くことができる。

馬を突かれて落馬した兵は次々と討ち取られ、更に追いうちをかけるように森に隠れていた鉄砲隊が一斉射撃したので、家康軍は撤退を余儀なくされたのである。信繁の知略に敗れ去った家康軍は伊達家に助けを求めた。

こうしてとうとう御屋形様は、信繁と闘うことになったのである。

軍を率いているのは、このオレだ。

「御屋形様、いってまいります」

甲冑を身にまとい、オレは彼の前に坐した。

陣地に着いた御屋形様はどこか呆けており、かつてのような殺気を身にまとってはいなかった。

「伊達家の名に、そして片倉小十郎の名に恥じぬよう精進させていただきます」

「任せたぞ」

政宗様は短く返事をして、その後は口を噤んでしまったのだった。御屋形様の心はずっと動揺し続けていた。

本当は自ら信繁を討ちにいきたいが、何かそれを拒むものが胸の中にあったのであろう。

それは信繁への情なのか、一国の主としての責からなのか、オレには分からなかった。

＊

オレたちを待ち構えていたのは赤備えの信繁の軍勢だった。

そのおどろおどろしい雰囲気に、オレの軍全体が怯むのが手に取るように分かる。

「気を引き締めろ、腰が引けてるぞ！」

馬の上から声を張りあげて周囲を鼓舞する。伊達家のためにも片倉家のためにも必ず手柄をあげなければならぬ。

「出陣だ！」

俺は拳を振りあげて、兵たちに向かい叫ぶと、馬を激しく鞭うった。

馬の鳴き声が周囲に響き渡る。

かける馬に乗じて、オレの体も上下に揺り動かされた。

さきに真田軍に向かっていった水野は非常に苦戦しているようで、赤い兵の波中にのみこまれて、皆沈んでいった。

「うりゃああ!!!」

隆々たる気合を吹きださせるように、オレは敵軍の中を駆け抜けていく。

必死に刀で兵士を切り倒し、瞬く間に体は血なまぐさく染まった。

「尻ごみするな、かかれぇ!」

オレは喉が枯れるまで叫び続けた。信繁に圧倒されて、オレの軍たちは明らかにひるんでいる。そりゃ当然だよな。あっちの兵たちは、この戦にかける思いが違う。家康との戦いに敗れれば、彼らに待っているのは死のみ。言葉通り死にもの狂いで攻めよせてくる。敵兵の骨まで絶ち切るほどに深く深く肉を抉る。

「鬼の小十郎だっ」

オレの背中でなびく黒釣鐘の旗指物を見るなり、ざわざわと敵兵にどよめきが広がっていく。

まったく何十年前の話をしてるんだ、こいつら。

力任せに振り回したせいで、刀の刃先が曲がり始める。お世辞にも美しい戦いとは言えないが、オレは無我夢中で敵を切り続けた。どんどんと切れ味が悪くなる刀でも、ないよりはマシってことだ。一瞬でも気を抜けば、皆がオレの首を狙ってくるだろう。

「きぇえええええ!」

敵兵のひとりが居丈高な叫びをあげて、こちらに突進してくる。

すぐさま相手の脇腹を掻き切るが、ゴツンと相手の骨に深く差しこまれて、剣が抜けない。

必死に抜こうとしているうちに絶命した敵兵の体がグラリと倒れた。


「しまった」


そう思った時にはもう遅かった。

敵兵に引きずられるまま、オレはそのまま落馬してしまったのである。

「イタタタタ！」

尻餅をつき、唸っている間に持ち馬はどこかへと逃げ去っていく。

まったく薄情な野郎だ。

オレは曲がった刀を投げ捨てて、絶命した敵兵から刀を奪い取る。グルリと周囲を見回すと、味方の兵たちが真田軍に押されていた。

「助太刀いたそう！」

高鳴っていく胸の鼓動をたしかに感じながら、オレは敵兵に突っ込んでいく。

息をするのもわすれて、オレは斬りかかり敵兵を討ちとっていった。

剣の腕なら、そこいらの奴には負けやしない。

なにせオレは御屋形様から直々に稽古をつけてもらったんだぞ？

どこが敵の弱点かを瞬時に見極めて、そこめがけて刀を突き刺す。いまだに真田軍の方が有利なことに代わりはないが、このまま兵たちと一丸となり攻め続ければ、逆転の見込みは充分あった。二代目片倉小十郎として世に名を轟《とどろ》かせることができるにちがいない。


その時、敵兵の陣から「撤兵だ」と荒々しい声が響く。

「大坂城へと向かうぞ」

「救援だ！」

口々に兵たちは叫んでいる。

どうやら大坂城から助けを求める知らせが届いたらしい。オレたちに背を向けて去っていく敵兵に、オレは吠えた。

「待て、逃げるな！」

せっかくここから盛りあがっていくところなのに。

そうすればきっと御屋形様も伊達軍の活躍を喜んでくれるにちがいないのに、なぜ逃げるのだ。

唖然とするオレの真横を一匹の馬と兵が去っていく。

よくみやると、その太眉と小柄な体つきには見覚えがあった。一度だけ真田丸の出城から顔をだしたその男のことを俺は目撃していたのである。


「ふざけんな、信繁！」


オレは信繁めがけて罵倒し続けた。彼の行動は、幼い頃に何度も聞かされたおとぎ話の英雄とはかけ離れた卑怯な振る舞いに思えてならなかった。御屋形様の友ともあろう者が、尾っぽを巻いて逃げだすというのか。

「この弱虫、太眉地蔵めっ！」

すると馬に跨る信繁がくるりとこちらを振返る。


「その旗……片倉の息子か」

「だったらなんだってんだ、このヤロウ！」

「荒々しいが、よい戦いっぷりだったぞ」

は？　なんでコイツ、敵のオレのこと褒めてんだ。

呆気にとられているうちに、信繁は馬を走らせて颯爽と消え去っていった。

「クソッ、なんなんだあいつ！」


その背中を見やりながら、俺は思った。

次会った時は、逃がしはしない。


だが、その機会は二度とやってこなかった。

御屋形様はそれ以降、再三再四要求を受けようとも、出陣させることを拒んだのである。

オレは何度も「出陣するべきだ」と訴えたが、御屋形様は首を縦に振ろうとしなかった。

信繁のことを散々弱虫だのと罵ってしまったが、端からみれば兵を動かそうとしない御屋形様の方が弱虫じゃねぇか。

「このままでは伊達の名に傷がつきます」

オレが思わず口をすべらせると
「戯け!!」

と彼はオレの胸を蹴り飛ばして
「しばらく顔を見せるな」と陣の奥へと消えてしまったのだった。

もし、ここに父上がいれば違っただろうに。

オレが無念さに打ちひしがれている間に徳川と豊臣の戦いは終わりを告げた。

あとで聞いた話だが、家康は異国からカルバリン砲とかいう銃丸の重さが二貫以上もある大砲を取り寄せていて、昼夜問わず大坂城を砲撃していたらしい。始終、武器や弾薬が不足して木製の子どもだましの銃まで使用していたという秀頼とでは天と地の差があったのである。オレたちが立ちあがるまでもなく勝敗は決まっていたってことだ。

最後は大坂城は放火されて落城し、城内の食料倉庫に逃げ込んだ秀頼と母である淀殿は、ここで自害したという。

そして大坂城へとむかった赤備えの信繁は家康の本陣をめがけて突進した。多くの犠牲をだしながら、彼は徳川軍に戦いを挑んでいたが三度目の本陣突入の際に非業の死を遂げたのだった。

こうして豊臣家は滅亡したのである。

真田信繁は「真田日本一の兵」と讃えられ、家康側の大名たちからも称賛をうけた。

一方、御屋形様は「伊達殿は御所の前ばかり」と大名たちから小馬鹿にされてしまう。ちなみに御所は家康と秀忠のことである。オレの思った通りに伊達の名前に傷がついちまったようだ。二代目片倉小十郎はとんだ役立たずだった。

＊

「この大馬鹿者！」

京から戻り、その足で父上のもとへとむかうと開口一番オレは怒鳴り散らされた。それは御屋形様を説得し、戦場へとむかわせられなかったからではない。

「将自ら動くなどと軽率すぎる！」

父上は率先して信繁軍へとむかっていったオレの戦い方に激怒していたのである。怒りくるう父上は勢いあまって、布団に上身を倒した。

「父上、大丈夫でございますか⁉」

「大丈夫ではない！」

ゼェゼェと息苦しそうにせき込む父上の体はあばらが浮きでてやせ細っていた。かさついた肌はひび割れるようしわが広がり、浅黒く生気を失っている。

「父上？」

父上の薄くなった体を起きあがらせて、背中をさする。骨の感触を直に感じて、オレは父上にまとわりつく死の気配に怯えきっていた。

「重長、おまえが戦果をあげたことは分かっておる……よくやった、でかしたとおまえを幼な子の頃のように褒めてやりたい……だが戦国の世は終わる」

ゼェゼェとくぐもった声を必死に張りあげながら、震えて力がこもらない手でオレにしがみついた。

「政宗様は戦いの手柄ではなく、自らの兵の命を守る道を選んだのだ」

その一面があったのは確かだろう。だが正直オレは父上の話が、ただの詭弁にしか聞こえなかった。

「いくらなんでも、そんな言い訳は通用しませぬ」

「通用しないではない、させるのだ」

ぴしゃりと言ってのけてから苦しげに息を吸い込み、父上は言葉を続けた。

「それが片倉小十郎の役目、政宗様を信じて彼を支えること。いいか、重長。……おまえの使命は、伊達政宗公の横に居続けることだ」

「父上」

「約束してくれ、決して政宗様をひとりにしないと」

父上の瞳から滝のように涙が溢れた。

衰弱して、弱々しく、でも神々しくもある。父上の体を抱きしめると、熱い汗がオレの全身を浸し、孤独と言う吐き気がこみあげてくる。こんな体になってまでも父上は案じておられる。自分が死んだ後の御屋形様のゆく末を。

その時、オレは受け止める覚悟をした。

父上の精神に肉体に死が訪れる瞬間を。

「……オレは伊達家家臣、片倉小十郎です」

父上に泣き顔を悟られぬように、必死にうつむきながら俺は繰り返す。

「オレは片倉小十郎です」

瞑目した父上は微笑み、喉を鳴らすと、ゆっくりとオレの体にもたれかかった。その時、ポロリと胸から潮風が落ちて、畳の上を転がっていった。長い間、もうその音色を聞いていなかった。

「重長、潮風を奏でてはくれないか？」

「オレがですか？」

今の今まで、オレは一度も笛を奏でたことなどない。無理だと首を横に振るも父上は「頼む」と何度も繰り返すばかりだ。

仕方なく、オレは潮風を手に取り唇に押し当てた。ふぅふっぅと情けなく空気が抜ける音が響くだけで、あの美しい音色を一度もオレはだすことができなかった。しかし父上はうれしそうになんども頷きながら、聞こえるはずのない潮風の調べに耳をすませていた。

その三日後、片倉小十郎は静かにその生涯に幕をおろしたのである。


父の死を伝えに、オレは御屋形様のいる江戸へとむかった。

今日も江戸の町は晴れている。

あたりは熱気にどっぷりと浸り、天から降り注ぐ日の光は暴力的で、素肌をさらしている部分が焼け焦げるように痛くなった。

夏を生きる人々は汗にまみれながら、熱く、輝いている。


オレを待ちかまえていた御屋形様は、予期していたかのように「そうか」とつぶやき、人目も気にせず涙を流した。

どんな手でも父上をこの世に繋ぎとめておきたかった。そのようなことを言いながら、彼は涙を拭った。

蝉の鳴き声が、どこからともなく聞こえてくる。

その声は近い。

屋敷内に迷い込んでしまったのかもしれない。その騒がしい音に耳を傾けながら、御屋形様は空を見あげてつぶやいた。

「思えば、俺とおまえが出会ったのも、こんな茹だるような夏の日だった」

政宗様は姿形のみえない父上に向けて微笑んでいる。

「……長い長い、夏の戦《いくさ》が終わりを告げたのだな」

最終章

死してなお、忠誠を誓う

片倉小十郎が死に、政宗の夏の日差しのような
輝かしい日々は終わりを告げたかに思われた。
しかし初代片倉小十郎の遺志は息子である二代目に受け継がれており――。

阿梅《おうめ》はまだなお、グジュグジュと鼻を啜っていた。

「いつまで泣いているのだ、おまえ」

「だって重長《しげなが》様、僅か半年ですよ」

そう言って阿梅はまたハラハラと涙をこぼす。

「御屋形様のお気持ちを考えると、阿梅はもうたまらないのです」

凛とした彼女の眉がハの字になり、濃く長い睫毛が濡れて光っていた。

手拭で涙をふいてやってから、私は妻の背中をポンポンと叩いた。

「半年でも親子水入らずの日々を過ごせたのだ」

赤子をあやすように彼女の背中をゆすりながら思う。

やれやれ、女っていうのは不思議な生き物だな。自分に関係ない人間のためにここまで泣けるなんて。

妻は御屋形様の母である義姫様のために涙を流している。

義姫様の訃報が御屋形様の江戸屋敷に届けられたのは昨夜のことであった。それを私から聞いた彼女は今に至るまでメソメソと頬を濡らし続けているのだ。

＊

義姫様が伊達家の門をくぐったのは二十八年ぶりのことだった。

最上氏の改易にともなって彼女は御屋形様のもとに身を寄せることになったのである。

それを御屋形様から聞かされた時、私はすぐにはその言葉が信じられなかった。生前、父上から御屋形様と義姫様の確執を何度も聞かされていたからである。

「過去にとらわれ過ぎて今を見失ってしまってはならぬ」

御屋形様は私にそう言い、義姫様を出迎える支度を早急に整えるように命じられた。そして仙台の再会を果たしたふたりは、御屋形様が上洛されるまでの半年間。二十八年の溝を埋めていくように穏やかで密な日々を過ごされたのである。義姫様の葬儀は武蔵国平山から僧を呼びよせて行われるそうだ。

＊

「……そうですね、義姫様は幸せでございますね」

阿梅は自分を納得させるように何度も頷くと、急に表情を緩ませる。

泣いた鬼がもう笑った。

考えてみれば彼女はいつも自分の心に正直なのだ。

夏を彩る向日葵に笑顔を弾けさせ、気に入らぬことがあれば顔を真っ赤にして私に怒鳴り散らす。

そして、そんな我が妻に心安らいでいる私もいる。

「もうひとりでメソメソするんじゃないぞ」

阿梅の黒々と波打つ髪を一撫でして腰をあげる。

部屋をでて振り返ると、彼女は後ろに立ち手を振りながら私のことをいつまで見送っていた。

＊

阿梅は、あの大坂城での戦いで命を落とした真田信繁《さなだのぶしげ》の娘である。

大坂城が落城する前の晩。私のもとへ真田信繁の家臣に連れられて彼女はやってきたのである。二挺の輿と、数少ないお供を引き連れて、夏夜の闇に隠れるよう現れた阿梅は「父上に言われて馳せ参じました」と頭をさげた。あまりのことに私は頭が真っ白になった。命をかけて戦いあった敵軍の信繁が死を前に、娘を私に託してきたのだ。

なぜ敵側の、しかも何も関わりのない私に娘を？

その問いの答えをしめすように阿梅は懐から文を一通取りだした。彼女が持たされていた文には信繁が自ら書き記したと思われる言葉が並んでいる。

そこには私の戦いっぷりと、片倉家の今後の繁栄を見込んで娘を託したいとの旨が記されていた。

文は「大崎少将殿の許しを得られぬようならば、その場で娘の首をはねてくれてかまわない」と言う言葉で締めくくられている。

私はすぐに御屋形様に意見を求めた。

「おまえが構わぬならばそうしてやれ。真田の家臣たちも召し抱えてやるといい」

そう話す御屋形様の瞳は優しくうるんでいた。

信繁との戦いに胸を痛めていた彼にとって、旧友のために少しでも何かできることがあってうれしかったのであろう。こうして私は阿梅を屋敷に引き取り、正室が病死したのち、彼女を後妻として迎えたのだった。

*

屋敷に着くと、御屋形様は自ら炊事場に立ち、鍋の灰汁をすくっていた。

「お呼びでございますか」

私は御屋形様に呼びだされて、彼の前に出向いたのである。

御屋形様は「しばらく待て」と言って、汗を拭った。

遅い朝飯の支度だろうか。夏の台所は熱が籠り、蒸し風呂のようだ。

汗で額を濡らしながら、御屋形様は丹念に灰汁を取っている。やがて鍋のだし汁が透き通り始めると、刻んだ葉イモを鍋へといれながら、手に載せた豆腐を器用に包丁を動かして切る。

「阿梅は元気か」

「はい、相変わらずあの調子です」

私は義姫様のために涙を流していたことは伏せることにした。

「阿梅は少し喜多に似ておる」

「たしかに伯母上様もよく怒りよく笑うお人でした」

御屋形様は切った豆腐を鍋へとほぐし入れながら、クスリと鼻を鳴らした。

「その顔、父親そっくりだな」

「私の顔が、ですか？」

「いつの間にか喋り方まで似てきておる。つい最近まで「オレは、オレは」とうるさく騒ぎまわっていたくせに」

「私も一応白石城の城主ですので」

それに喋り方は似てきた訳ではなく、似せたのですよ。

私は心の中でつぶやいた。父亡き後、彼のような男になるべく、まずは形から私は彼の真似をするようになったのだ。最初は全く似合っていなかったこの喋り方も、いまでは板についている、つもりである。

鍋の中に、御屋形様は匙の上にのせた赤味噌を溶きほぐしていく。

「伊達家自慢の御塩噌蔵の味噌ですね」

私の言葉に、当然と言わんばかりに御屋形様は肩をすくめた。

「これ以外の味噌は、味噌ではない」

御屋形様は岩出山城を居城にしていた際、味噌を醇造する蔵を城内に設けた。

朝鮮出兵時、猛暑にやられて他の大名が持つ味噌が腐る中、質がよく、塩分の高い伊達家の味噌だけは腐らず味も変わらぬままだった。そんな逸話が残る程に、もともと仙台の味噌は質がよい。その味噌に目をつけた御屋形様は質のよい味噌を大量に醸造できる施設を整え、城下の商人にも「御用味噌」の看板をだすことを許可して民間へまで味噌を流通するようになる。そして今では江戸の屋敷にも御塩噌蔵を造り、国もとの大豆と米を取り寄せて味噌が仕込まれるようになった。今では江戸の人も仙台味噌の美味さを聞きつけて、伝手を使い、味噌を買い求めるようになっている。

米だけでなく仙台の味噌までもが江戸の町に広がっているのだ。

それだけでなく御屋形様は塩田開発も積極的に行い、藩の専売として塩を外へ売りにだされた。今では年間で三千両を稼ぎだすまでに発展している。これも「料理心のなきは拙き心だ」を信念とする御屋形様の食へのこだわりが成したことだと、私はこっそりと思っている。

御屋形様が進めた荒地の整理のおかげで、伊達家六十二万石の実高は百万石を突破している。

御屋形様は違った形で百万石の夢を叶えられた……きっと父上が生きていたらそんなことを言ったに違いない。

「ほら、できた」

御屋形様は出来あがった味噌汁を器によそい、侍女に運ばせていく。

「飯にするぞ」

「え？」

戸惑う私を引き連れて、彼は自らの部屋へと進んでいく。言われるがまま後に続くと、そこにはすでに膳の用意ができあがっていた。膳の上に並ぶのは奥州の郷土料理ばかり。鯉の甘露煮に、ひょう干しの煮物、味噌で和えられたうこぎ、しいたけの冷汁。窪田なすの香のものと大根の味噌漬け。そして炊きたての米もある。どれも美味そうだ。朝飯は食べてきたが、小腹がすき始めたところである。

「まぁ食え」

言われるがまま、私は箸を運び、白米を頬張る。

そして御屋形様が作った味噌汁を啜った。

「美味い」

たしかに美味いが、暑い。

蒸し暑いなか飲むあつあつの味噌汁のせいで私は瞬く間に汗みどろだ。

「母のことでは手間を取らせたな」

御屋形様は料理に手をつけること無く、手を膝に乗せたまま口を開いた。

「この場を借りて、礼を言わせてくれ」

「いえ、私は特に何も」

うこぎを頬張りながら、私は首を振った。

「いいや親子揃って、手を尽くしてくれた」

「親子?」

「上洛する間際、母上から私に漏らしたのだ。片こからもらっていた文についてな」

「文?」

意味が分からず私は言葉を繰り返すことしかできない。

「床に伏せながらあいつは俺と母上の仲を取り持とうとしていたらしい……母上がしたことに対して一番怒っていたのはあいつなのにな」

「そうだったのですか」

病に冒されて残された時間が僅かと知った父上にとって、一番の気がかりは御屋形様だったのだろう。

床の上から自分に何ができるか考えた時、彼の頭に浮かんだのは義姫様だったのである。

「あいつの文など無くとも俺は母上を受け入れるつもりでいたが……母上が俺を素直に頼ってこられたのは、片このおかげかもしれないと思ってな」

まったく、これだから父上にはかなわない。

死んだ後も御屋形様に忠義を尽くすとは……実に父上らしいではないか。

「だから、私にこの料理を?」

「あぁ……おまえたちにな」

御屋形様は照れ臭そうに味噌汁を啜り「やはり今日は、味噌汁は熱かったか」とつぶやくと、「それで、少しは上達したのか、笛の腕は?」と問うてきた。待っていましたとばかりに私は懐から潮風を取りだす。父亡き後、譲り受けたのである。あの頃は音を鳴らすこともできなかったが、今ではなんとか曲を奏でられるようになっていた。

私としては、父上くらいまでには上達したつもりなのだが、御屋形様は「ド下手くそ」と毎日私を罵るのであった。

私が潮風を奏で始めると、彼は懐かしそうに目を閉じてその音色に聴き惚れていた。私と御屋形様の笛の会は、彼が亡くなる時まで続けられることになる。

片倉家の忠義の礼に、味噌汁を振る舞われてから十三年後、御屋形様は七十年の生涯を終えられる。

彼は生涯、愛する奥州の繁栄のために身を粉にして働き続けた。

私は父との約束を守り、忠宗様、綱宗様と三代に渡り伊達家に仕えて、伊達家のために命をささげたのだった。これが伊達政宗とふたりの小十郎がたどった物語の全てである。

完

NATSUNOJIN

政宗と小十郎のあゆみ

年号	西暦	伊達政宗	片倉小十郎	その他のできごと
永禄元年	一五五七		片倉景綱 誕生	
一〇	一五六七	伊達政宗 誕生		真田信繁 誕生
一一	一五六八			織田信長、足利義昭を奉じ上洛
元亀 二	一五七一	疱瘡を患い、右目を失明		
天正 元	一五七三			織田信長、足利義昭を追放。室町幕府滅亡
三	一五七五	政宗と小十郎（景綱）が出会う		織田・徳川連合軍、長篠の戦いにて武田軍に勝利
五	一五七七	元服		松永久秀、織田軍に信貴山城を包囲され爆死
七	一五七九	愛姫と結婚		
九	一五八一	相馬氏との合戦で初陣を飾る		織田信長配下の羽柴秀吉軍が鳥取城を落とす
一〇	一五八二	父・輝宗に従い相馬氏を討つ		明智光秀の謀反により、織田信長死す。山崎の戦いにて羽柴軍、明智軍に勝利。明智光秀死す
一二	一五八四	父と共に相馬氏を攻め和睦。家督を継ぐ	片倉重長 誕生	長久手の戦で、徳川軍が羽柴軍に勝利。その後羽柴秀吉と徳川家康が講和

伊達家の版図

一五八二年頃

一五八四年頃

年号	西暦	伊達政宗	片倉小十郎	その他のできごと
天正一三	一五八五	政宗の父・輝宗、畠山義継に捕えられ死亡。輝宗の弔い戦にて伊達軍が二本松・蘆名・佐竹連合軍に勝利(人取橋の戦い)		秀吉、関白となる。翌年、太政大臣叙任。豊臣姓を賜る
一七	一五八九	相馬氏を攻め駒ヶ嶺城を奪う。蘆名義広を破る。二階堂氏を滅ぼす。この時伊達氏歴代で最大の版図を得る		秀吉、上杉景勝と佐竹義重に政宗討伐を命じる
一八	一五九〇	母・義姫による政宗毒殺未遂事件。弟・小次郎(政道)を追放。豊臣秀吉に従い、小田原城に参陣	景綱、政宗に小田原参陣を決意させる	北条氏、豊臣軍に降伏。小田原城落城。豊臣秀吉、奥州仕置を命じ、天下統一なる
一九	一五九一	大崎葛西地方を与えられ、岩出山に移る		豊臣秀吉、諸将に朝鮮出陣命令を発す
文禄二	一五九三	朝鮮出兵		豊臣秀頼 誕生
四	一五九五	秀次事件で謀反の疑いをかけられるも、許しを得る		秀吉、謀反の疑いで豊臣秀次を自刃させる
		再び朝鮮出兵		
慶長二	一五九七	従四位下右近衛権少将に叙任		
三	一五九八			豊臣秀吉死す
四	一五九九	長女・五郎八姫と家康の子息・忠輝が婚約		前田利家死す

伊達家の版図

一五八九年頃

一五九〇年頃

五	一六〇〇	慶長出羽合戦にて上杉景勝を攻撃。直江兼続と戦う	重長・白石城の戦いで初陣を飾る	関ヶ原の戦いで徳川家康らが石田三成を破る
六	一六〇一	仙台城に移る		
七	一六〇二		景綱 白石城主になる	
八	一六〇三		重長、白石城へ移り城下町の整備を始める	徳川家康が征夷大将軍となり、江戸幕府の開府へ
一〇	一六〇五	徳川秀忠の先駆として京都に向かい、参内		徳川秀忠、二代将軍となる
一八	一六一三			支倉常長らイスパニアへ向け出航
一九	一六一四	大坂冬の陣・徳川陣営で参戦		
元和 元	一六一五	大坂夏の陣・徳川陣営で参戦(景綱は病のため参戦せず)	景綱、五十九歳で生涯を終える。重長、家督を継ぎ、白石城主に	大坂城落城し豊臣滅亡。真田信繁死す。子息を片倉重長に託す
二	一六一六	家康が約束を反故にする		徳川家康死す
八	一六二三			徳川家光、三代将軍となる
寛永 一三	一六三六	江戸の仙台藩上屋敷で七十歳の生涯を終える		長崎出島完成
万治 二	一六五九		重長 七十六歳で生涯を終える	

一五八九年頃

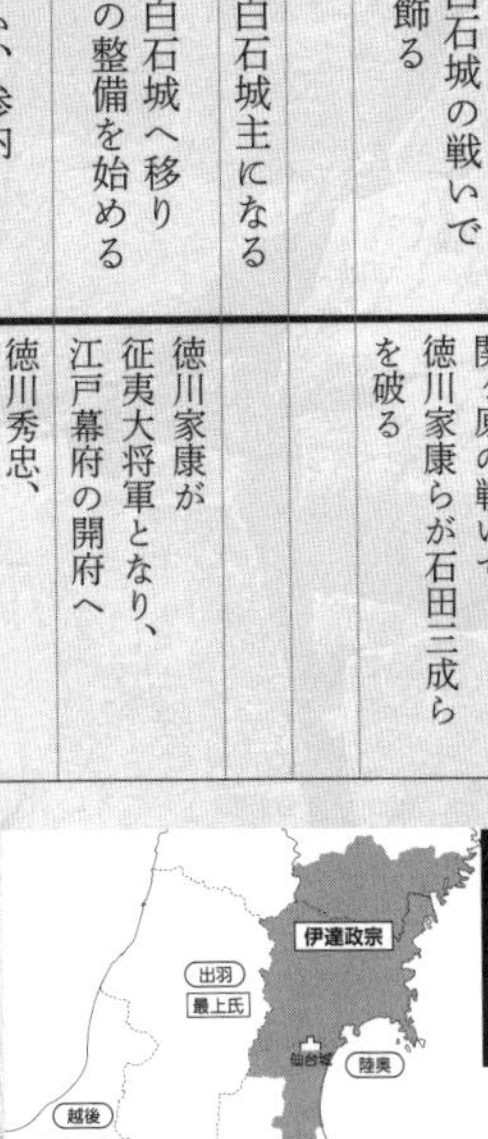

あとがき

はじめましての方も、お久しぶりの方もこんにちは。

どうも吉田恵里香です。

この度は『俺とおまえの夏の陣』を手にとっていただき、誠にありがとうございます。

前作の『僕とあいつの関ヶ原』に続き、二作目の歴史小説となります。（関ヶ原、未読の方は手にとっていただけると非常にうれしいです。今回と登場人物が重なっていることもあり、ところどころリンクしている部分があるので楽しんでいただけるはずです！）

今回は人気武将である伊達政宗を描くということもあり、どんなキャラクターにしようかと悩みに悩みました。資料を目に通して物語の流れを考える中で、生まれたのが本作の政宗です。

完璧とは程遠いけれど、やる時はやる。人間臭い政宗になり、私は気に入っています。読んでくださった方にとっても魅力的に描けているならばうれしいです。個人的にうれしかったのは、政宗が食いしん坊だったことです。彼が考えた献立表は今みてもワクワクしてしまいます。

本作の語り部で真の主役である片倉親子は、政宗とは違い、自然とキャラクターが固まっていきました。

戦隊ものならば青レンジャー。新撰組ならば土方歳三。ロード・オブ・ザ・リングならばアラゴルンといった主役を補佐する「二番手」好きな私にとって、片倉親子の逸話は琴線に触れるものばかり。とても楽しく親子の姿を描くことができました。

小十郎のような腹心の友といいますか……心から頼れる相手が私も欲しいですし、誰かにとってのそういう存在でありたいです。この本を読んでくださった方が少しでもそんな気持ちになってくださったなら、これ以上うれしいことはありません。

最後にお礼を述べさせていただきます。

素敵なイラストを書いてくださった、さいのすけさん、沢山アドバイスをしてくださった編集の藤田さん、森さん、高橋さん、時代考証を担当していただいた歴史家の濱田浩一郎先生、その他関係者の皆さん、支えてくれた家族友人。そして改めてこの本を手にとってくれた皆さんに心の底から「ありがとう」を！

それではまたお目にかかりましょう。それまで皆さんお元気で！

吉田恵里香

主な参考文献

相川司（著）『伊達政宗（Truth In History）』（新紀元社）

榎本秋（著）『秀吉、家康を手玉にとった男東北の独眼竜　伊達政宗』（マガジンハウス）

小和田哲男（著）『［図解］関ヶ原合戦までの90日 勝敗はすでに決まっていた！』（PHP研究所）

小林清治（著）『人物叢書　伊達政宗』（アスキー・メディアワークス）

佐藤憲一（著）『素顔の伊達政宗―「筆まめ」戦国大名の生き様』（洋泉社）

柴辻俊六（著）『人物叢書　真田昌幸』（吉川弘文館）

下山治久（著）『戦国大名北条氏―合戦・外交・領国支配の実像』（有隣堂）

伊達泰宗、白石宗靖（著）『伊達家の秘話』（PHP研究所）

中田正光（著）『伊達政宗の戦闘部隊―戦う百姓たちの合戦史』（洋泉社）
平山優（著）『真田三代―幸綱・昌幸・信繁の史実に迫る』（ＰＨＰ研究所）
三池純正（著）『敗者から見た関ヶ原合戦』（洋泉社）
渡邊大門（著）『大坂落城　戦国終焉の舞台』（角川選書）

＊

『一個人別冊歴史人　戦国武将の知略と生き様』（ベストセラーズ）
『一冊でわかる　イラストでわかる　図解戦国史』（成美堂）
『CAST-PRIX SPECIAL 新説・戦国英雄伝 片倉小十郎×伊達政宗』
（GLIDE MEDEIA MOOK 40）

吉田恵里香（よしだ・えりか）

一九八七年生まれ。作家、脚本家。ＱｕｅｅｎＢ所属。『ＴＩＧＥＲ＆ＢＵＮＮＹ』のアニメシリーズ脚本・コミック原作、ＮＨＫドラマ『実験刑事トトリ』ノベライズ、ボカロ小説『脳漿炸裂ガール』、ＮＨＫ Ｅテレ『シャキーン！』構成など、幅広いジャンルで活躍する。最新刊に『僕とあいつの関ヶ原』など。

俺《おれ》とおまえの夏《なつ》の陣《じん》

政宗《まさむね》と小十郎《こじゅうろう》と小十郎《こじゅうろう》

二〇一四年九月一日　第一刷発行

著者……………吉田恵里香《よしだえりか》
発行者…………川畑慈範
発行所…………東京書籍株式会社
東京都北区堀船二－一七－一
〒一一四－八五二四
〇三－五三九〇－七五三一（営業）
〇三－五三九〇－七五〇〇（編集）

印刷・製本……株式会社リーブルテック

イラスト…………さいのすけ
編集協力…………アンジー（森英信、高橋結子、佐藤さやか）
真田尚美
協力………………濱田浩一郎［時代考証］
ＤＴＰ……………cece co. ltd.（深田和子）
ブックデザイン……坂野公一（welle design）
出版情報…………http://www.tokyo-shoseki.co.jp

ISBN978-4-487-80835-9　C0093